LE PAYS SANS ADULTES

Née en 1974, Ondine Khayat est d'origine libanaise, arménienne et française. Impliquée dans des causes humanitaires, elle est également auteur de romans dont le premier, *Lucine*, est paru en 2007.

ONDINE KHAYAT

Le Pays sans Adultes

ÉDITIONS ANNE CARRIÈRE

ISBN : 978-2-253-12892-2 – 1re publication LGF

À tous les Slimane et les Maxence,
à toutes les Valentine,
et à tous ceux qui ont le cœur trop tendre.

La vie, c’est pas pour les enfants.

Première partie

1

Je m'appelle Slimane. Je me demande bien où mes parents ont pêché un nom pareil… Sûrement dans un lac très loin d'ici ! Je vis dans une famille complètement tordue. Si j'étais pas un enfant de onze ans, je mettrais toutes mes affaires dans une valise, comme mon père quand il est en colère, et je m'en irais en claquant la porte. Ensuite, je m'assiérais dans ma voiture et je démarrerais en faisant beaucoup de bruit, comme mon père quand il est en colère. Je laisserais de la fumée toute noire derrière moi, comme mon père quand il est en colère, pour que la terre entière sache que je suis pas content du tout. Mon père est tout le temps en colère. Je suis sûr que même quand il était dans le ventre de sa mère, il lui criait après pour qu'elle change le liquide « agneautic », un peu comme on change la litière d'un chat. À mon avis, c'était une énorme erreur de le mettre au monde. On n'avait vraiment pas besoin de ça. Il paraît qu'il est né avec le cordon ombilical autour du cou et qu'il a failli mourir étouffé. Dommage !… Le docteur a dû le faire tourner comme une toupie pour le sortir de cette mauvaise passe. C'était bien la peine de se donner tout ce mal…

Grand-mère a dit qu'il était rouge comme les coquelicots qui poussent dans les champs, sur la route des vacances. Enfin ça, j'en sais rien, je suis jamais parti en vacances.

Souvent, je regarde les informations à la télévision pour ne plus entendre les cris de mes parents qui se disputent, et je vois bien que quelque chose ne tourne pas rond. Les adultes passent leur temps à nous dire de faire ci, ou ça, d'être comme ci, ou comme ça, mais quand on voit dans quel état ils ont mis la planète, on se dit qu'ils feraient mieux de se taire et que ce sont les enfants qui devraient être au pouvoir. Moi, si j'étais au pouvoir, aucun mari n'aurait le droit de battre sa femme. Et aucune femme ne pourrait rouspéter bêtement après son mari. D'ailleurs, si j'étais au pouvoir, le mariage, ça n'existerait plus. Les mamans et les papas ne vivraient pas ensemble, ou alors seulement après avoir passé des tests. Un genre de permis de vivre ensemble. Un permis à points, comme pour les automobiles. Si vous perdez trop de points, c'est fini, vous ne pouvez plus vivre ensemble. Il faut repasser l'examen pour avoir un nouveau permis. Dans les films, les gens ont l'air amoureux, ils vivent ensemble dans des beaux appartements et ils portent des vêtements chic, mais on nous montre uniquement les bons côtés. Dans la vraie vie, les gens font leurs courses au supermarché du coin, et ils se disputent pour tout, même pour choisir un paquet de pâtes. Dans la vraie vie, les gens vivent dans des appartements beaucoup trop petits, et parfois même, ils sont renvoyés de leur travail. Alors, ils restent dans leur salon, assis devant la télé, « emberlifagotés » dans leur tristesse. Ils se mettent à crier les uns sur les autres, et leurs enfants grandissent avec des ronces dans le cœur. Les mauvaises herbes, si vous ne les arrachez pas tout de suite, elles finissent par tout recouvrir : les terres vierges et les fleurs sauvages. Moi, ce que je crois, c'est qu'aucun enfant ne peut survivre à la sécheresse.

Mon père passe la journée entière vautré sur le canapé, dans son jogging en soldes de l'année dernière. Il boit des bières qu'il achète par douzaines. Ma mère, ça la rend folle. Certains jours, elle rentre et elle dit qu'elle en a marre que son salaire parte en packs de bière. Au début, il fait semblant de ne pas l'entendre, mais après, c'est plus fort que lui, il boit une dernière gorgée, il se lève, et là, le rapport de forces s'inverse. Ma mère essaie de se replier en hâte dans la cuisine, mais c'est trop tard. Il court vers elle, il l'empêche de refermer la porte et il cogne. Il cogne jusqu'à ce qu'elle tombe par terre, sur le carrelage de la cuisine. L'autre jour, mon frère Maxence s'est précipité pour la défendre, mais mon père lui a donné deux baffes et ça l'a fait saigner du nez. Je suis resté là, sans pouvoir faire un geste, à regarder le sang du nez de Maxence se mêler à celui de l'arcade sourcilière de maman. Ça faisait comme un ruisseau écarlate sur les dalles de la cuisine. Je connais pas le numéro du SAMU, alors je me suis juste avancé vers eux, et on s'est serrés tous les trois très fort, pendant que des coquelicots fleurissaient sur mon tee-shirt blanc. Maman ne pouvait pratiquement plus ouvrir les yeux, et je me suis dit que je serais son chien d'aveugle pour toujours, si jamais elle ne revoyait pas. Je sais pas combien de temps on est restés comme ça, assis par terre dans la cuisine, mais même les dalles glacées m'ont semblé hostiles.

La vie, c'est pas pour les enfants.

Un jour, dans une émission, j'ai entendu quelqu'un dire que l'État devait nous protéger. J'étais bien d'accord, mais une semaine plus tard, mon père est rentré à la maison complètement ivre, et j'ai compris qu'il s'était encore fait licencier de son travail. J'ai bien eu envie d'appeler l'État, mais je savais pas où le joindre. Des fois, je vois des messieurs à la télévision. Des messieurs en costume qui font des belles phrases, qui nous parlent de conjoncture, de croissance, de confiance en l'avenir, et je me dis que j'aimerais bien avoir un papa comme ça. Un vrai papa, qui soit propre et qui sente bon. Mais Maxence, il dit que même si on met un beau costume, quand l'âme est gâtée, il n'y a rien à faire. Quand même, si mon père pouvait de temps en temps mettre une cravate à son âme, elle aurait l'air moins moche.

Est-ce que quelqu'un nous écoute, les jours où on a trop de peine pour la garder à l'intérieur de nous ? Les jours où on tourne notre visage vers le ciel en implorant le silence. Un silence ardent, comme de la lave qui s'écoule de tous nos volcans. Une tristesse qui provoque en nous une éruption et saccage tout sur son passage. Qu'est-ce qu'il a, mon père ? Max et moi, on l'appelle le Démon, parce que c'est même pas un vrai père. Il lui est sûrement arrivé quelque chose de terrible pour être comme ça. Le Démon, c'est la colère qui le dévore, une rage sourde, tranchante, dévastatrice. Elle déborde de lui comme du lait brûlant, et tout se met à prendre feu. Qui m'expliquera pourquoi ? À la télévision, dans les publicités, les familles ne ressemblent pas du tout à la mienne. Elles sont gentilles, elles vivent dans des belles maisons et il ne se passe jamais rien d'horrible. Dans les publicités, même les ordures dans les poubelles sont jolies. Souvent, je regarde la télé, puis je regarde le Démon, et il y a deux ou trois trucs de la vie que je pige pas. Moi, ce que je voudrais, c'est vivre dans une publicité, avec que des gens gentils, et des mots doux comme des bouquets de fleurs. Mais Maxence, il dit que la publicité, c'est fait pour nous anesthésier le cerveau.

— Ça veut dire quoi, anesthésier le cerveau ?

— Ça veut dire l'endormir.

— Mais après, il peut quand même se réveiller ?

— Non. Si tu regardes trop la télé, ton cerveau ne se réveille plus jamais.

— Tu crois qu'il dort, le cerveau du Démon ?

— Ce que je crois, moi, c'est que le Démon n'a pas de cerveau.

— Il a quoi, alors ?

— Des problèmes.

— Mais si on ouvrait son crâne, ce serait tout vide ?

— Oui. Il y aurait juste un gros trou.

— Tu veux dire un genre de gros cratère ?

— C'est ça.

— Et moi, j'en ai un, de cerveau ?

— Bien sûr ! Tu as un cerveau, mais surtout, tu as un cœur.

Ça m'a rassuré de savoir que dans ma tête, il n'y a pas un cratère comme dans celle du Démon, et que dans ma poitrine, il y a un cœur pour ranger tous les gens que j'aime. Des fois, je pose la main sur mon cœur, et je tends l'oreille. Les battements de nos cœurs, c'est rien d'autre que les murmures de tous ceux qui habitent dedans. Quand il n'y a plus personne, il s'arrête de battre. Il faut un grand cœur pour y mettre tous les gens qu'on aime, et laisser de la place à tous ceux qu'on va aimer, mais qu'on ne connaît pas encore. Un grand cœur en forme de loft, même si on doit abattre des tas de cloisons. Un cœur avec des fenêtres pour voir le ciel, et dessiner dessus des beaux nuages en barbe à papa.

2

Ça y est, ça recommence… Le Démon est en pleine crise. Il crie tellement fort que si des gens vivent sur d'autres planètes, je suis sûr qu'ils l'entendent. Maxence et moi, on est cachés dans le placard de notre chambre. Mon cœur bat beaucoup trop vite, et j'ai du mal à respirer, alors je me serre contre lui. Maxence, c'est mon vrai frère, pas juste un frère là par hasard. Lui et moi, c'est pour la vie. Ce que j'aime le plus, c'est la façon dont il me regarde quand je lui parle. Il me regarde toujours comme une vraie personne, pas comme un enfant. Même quand je dis des bêtises. Souvent, son front se plisse et il a l'air tellement adulte qu'on dirait qu'il a deux cents ans. S'il y avait un prix du meilleur être humain de la terre, Maxence le gagnerait, c'est sûr. Maxence, il est d'utilité publique. À l'école, il est délégué de classe et tout le monde l'aime. Mais je vois bien qu'il est triste, la plupart du temps. Une nuit, les cris du Démon nous ont une fois de plus réveillés en sursaut. On s'est serrés très fort et il s'est mis à pleurer. C'est bête, mais c'était la première fois que je le voyais pleurer. Il n'arrivait pas à s'arrêter. Du coup, moi aussi, je me suis mis à pleurer.

Nos larmes se sont mélangées et ont formé un grand fleuve, qui s'est jeté dans la mer. Il y a trop de requins dans ce monde, c'est Maxence qui le dit. Souvent, il dit que c'est même pas la peine qu'on paye pour aller voir des films d'horreur au cinéma, qu'il suffit juste de s'asseoir et de regarder notre vie.

Le placard est tout noir, il y a juste un rai de lumière. Un peu d'espoir saupoudré sur la nuit glacée… Contre mon bras, je sens la lame de l'épée que j'ai eue pour Noël. J'aimerais la prendre et courir dans le salon en la brandissant pour libérer ma mère. Blesser le Démon, pour qu'il arrête de casser nos cœurs et de transformer nos vies en ruine. Mais je suis trop petit pour me revancher. Souvent, je me sens grand, si grand que j'ai l'impression que je n'ai qu'à tendre la main pour toucher le ciel. Mais quand je croise mon reflet dans la glace, je ne vois rien d'autre qu'un enfant de onze ans, même pas capable d'attraper tout seul un magazine sur l'étagère de l'entrée. Un enfant beaucoup trop petit pour pouvoir faire ce qu'il veut. Un enfant à la merci de la folie des adultes.

J'entends des pas. Maman court vers notre chambre pour échapper au Démon. Ça va être l'enfer. Il cogne, il cogne. Maxence ouvre la porte du placard et soudain, la silhouette du Démon nous aveugle. Maxence se met à crier le plus fort qu'il peut.

— Arrête !

Le Démon l'attrape et le projette contre le mur. Bang ! Je me jette sur lui. Je suis pas un enfant, je suis Buzz l'Éclair. Je vais le pulvériser. Mais je reçois un coup au bras et une douleur vive me vrille tout entier.

Je ne suis qu'un enfant de onze ans, qui sait même pas cogner. J'ai vu tous les vieux films de Bruce Lee, mais je suis trop petit. Trop petit pour repousser la folie des grands. J'aimerais tellement vivre dans un monde d'enfants…

Le Démon tape sans s'arrêter. Il tape sur tout ce qui se trouve à portée de sa main. Même ma lampe en forme de lune reçoit un coup et tombe par terre. Il a décroché la lune. Elle gît sur le sol, blessée, juste à côté de maman, qui a du sang plein les cheveux. Pas de chance, hier elle avait fait sa couleur. Elle était bien blonde, comme elle aime. Elle ressemblait à un ange. Un ange un peu trash, c'est vrai, mais là, tout est à refaire. L'ange s'est fait massacrer. Je reçois un dernier coup de pied. On retient notre respiration. Pourvu qu'il s'en aille, qu'il en ait assez de nous saccager. Pourvu qu'il soit fatigué, même un tout petit peu. Avec tout ce qu'il fume, normalement, il devrait même pas avoir la force de nous frapper aussi souvent. Sur ses paquets de cigarettes, il y a écrit en gros « Fumer tue ». Si seulement ça pouvait être vrai ! Mais il fume au moins un paquet par jour, et il frappe pendant des heures sans même être essoufflé. Vous y comprenez quelque chose ? J'ose pas relever la tête pour voir s'il a vraiment décidé de partir, parce que ça risque de l'énerver. J'attends. Les cheveux blonds de maman sont éparpillés sur le sol, comme des centaines de grains de blé après la moisson. J'entends Maxence respirer le plus doucement possible. Dans ces moments-là, on n'a qu'une envie, c'est de disparaître sous terre et ne plus jamais revenir. Le Démon donne un grand coup de poing dans la porte. Ça me fait sursauter, je ne peux pas m'empêcher de pousser un cri. Ça l'énerve et il me donne encore un coup de pied. Dans les côtes, juste là où ça fait mal. Je me dis : « Sois un homme, bon sang ! » Mais je ne suis pas un homme. Je suis trop petit pour faire semblant de ne pas avoir mal. Je pleure tout doucement. Il faut pas qu'il m'entende, sinon il va recommencer. Faites qu'il s'en aille ! Je vous en supplie !

Les pas du Démon résonnent dans le couloir. Ça y est, il est parti, on a gagné ! Non… Il est toujours dans l'appartement. Il faut encore attendre avant de bouger, au cas où il changerait d'avis. Dans ces moments-là, je me sens tellement loin que je me dis qu'il ne me verrait même pas si il revenait. Mais dans le doute… La porte d'entrée claque. Cette fois, ça y est, il est parti pour de vrai. On reste prostrés quelques minutes, puis on lève doucement la tête. Je croise le regard dévasté de maman et celui de Maxence. Oh, le regard de Maxence dans ces moments-là ! Un mélange de rage et de tristesse, quelque chose que je ne pourrai jamais définir. Ma lampe en forme de lune est éventrée sur la moquette râpée. On ne pourra même pas en racheter une, on l'avait eue chez Carrefour, pendant les soldes, il y a au moins deux ans. Max et moi, on la regardait tous les soirs briller dans le noir. Il me disait : « Notre vie doit toucher le ciel. » Mais elle touche pas du tout le ciel, elle touche le fond.

— Allez viens, maman. Arrête de pleurer, je t'en prie.

Maxence essaye de l'aider à se lever, mais elle n'a plus de forces. Bon sang, il l'a vraiment amochée, cette fois. Il lui a donné un coup de poing dans la bouche, et sa lèvre ressemble à un gros steak, comme chez le boucher du coin de la rue. Maxence met des glaçons dans un torchon. C'est comme ça qu'ils font dans les films. Heureusement qu'il est là, Maxence. Moi, je ne pourrais pas faire tout ça. Je ne saurais pas. Je l'aide à soutenir maman. Elle me semble plus lourde que d'habitude. Peut-être parce que j'ai mal au bras, là où le Démon m'a frappé. Maxence aussi a l'air mal en point, mais il se force à aller bien. On essaye d'emmener maman dans sa chambre, mais elle refuse. Elle veut dormir avec nous.

— Juste pour ce soir. Vous êtes d'accord ?

Bien sûr qu'on est d'accord ! Je voudrais tellement qu'on soit une vraie famille… Je donnerais tout pour que ma vie soit propre, repassée, pliée dans des tiroirs et rangée par couleurs. Une vie multicolore, sans jamais rien de sombre.

Maman s'étend sur mon lit. Il a l'air encore plus petit maintenant. Maxence pousse son lit tout à côté du mien, pour qu'on dorme tous les trois ensemble. On met les deux lits contre la porte, pour que le Démon ne puisse pas rentrer, si jamais il revient pendant la nuit. Normalement, les soirs de castagne, il reste dehors toute la nuit. Je m'allonge entre maman et Maxence, et on se serre très fort.

Ça va aller.

Combien il y a de gens comme nous, dans le monde ? Des gens qui s'endorment couchés sur leur tristesse, enroulés dans leur peur ? Et qu'est-ce qu'on peut faire pour les aider ? Parfois, je me dis que si tous ceux qui sont malheureux s'unissaient, on y arriverait. On pourrait lutter contre tous les coups de poing, contre toutes les blessures de la terre. Mais le monde est trop grand, je ne sais pas comment faire. J'ai des tas d'idées pour améliorer nos vies, mais voilà, je vis dans un corps d'enfant. Je suis rien qu'un minus.

3

Un pâle rayon de soleil se pose sur ma joue. J'ouvre un œil et, pendant quelques secondes, j'oublie tout. Les larmes, les cris, les griffures de la vie. Mais j'aperçois la silhouette de Maxence, près de la fenêtre. Tout ce qui s'est passé hier me revient en mémoire d'un coup. Mon ventre se serre, il fait des nœuds impossibles à défaire.

Il ne s'est rien passé hier. Si je tourne la tête, je ne verrai pas maman allongée dans mon lit. Elle a dormi dans le sien, avec le Démon. Je jette un œil vers la gauche, et je vois quelques mèches de cheveux blonds éparpillées sur mon oreiller. Maxence me fait signe de le rejoindre. Je me lève tout doucement, pour ne pas la réveiller. Il pose sa main sur mon épaule et colle sa bouche contre mon oreille pour que personne n'entende ce qu'il a à me dire.

— Il faut qu'on fasse quelque chose. Ça ne peut pas continuer comme ça.

— Mais qu'est-ce que tu veux qu'on fasse ?

— Il faut qu'on aille à la police.

— À la police ?

— Slimane, il faut qu'on dénonce ce porc.

— Mais… ils vont le mettre en prison ?

— Et alors ? Tu serais triste si ça arrivait ?

— …

Pourquoi, on a parfois l'impression d'aimer des monstres ? Pourquoi, malgré tout, j'ai le sentiment d'aimer encore un peu le Démon ? Juste un tout petit peu. Pas plus, je le jure.

— Slimane, il va finir par nous tuer. Je ne peux plus supporter ça.

— Oui, t'as raison. Il faut faire quelque chose.

— Je me suis renseigné. Maman n'a qu'à porter plainte au commissariat.

— Tu crois qu'elle sera d'accord ?

— Après ce qui s'est passé hier soir, oui, je crois.

Moi, je n'en suis pas si sûr. Si elle refuse, je trouverai ça horrible, mais si elle accepte, je trouverai ça horrible aussi. Je n'arrive plus à bouger, je m'accroche à Maxence. C'est toujours la même sensation d'oppression. Comme si j'étais prisonnier à l'intérieur de mon corps sans pouvoir en sortir.

— Maman… Maman, réveille-toi !

Elle ouvre doucement ses yeux gonflés par les coups. Ils sont entièrement bleus et sa lèvre est encore plus grosse qu'hier.

— Maman…

Elle nous regarde de l'œil droit, parce que le gauche reste obstinément fermé.

— Viens maman, il faut que tu t'habilles.

— Non, je ne peux pas. Appelle l'hôtel, dis-leur que je suis malade.

— Maman, il faut qu'on aille au commissariat.

— Au commissariat ?

— Oui, pour porter plainte.

Elle s'accroche au bras de Maxence, complètement paniquée.

— Il ne faut jamais parler de tout ça, tu m'entends ? Jamais !

— Mais si, au contraire ! Il va finir par te tuer !

— Mais non, c'est à cause de son licenciement. Dès qu'il aura retrouvé du travail, ça ira mieux.

— Non, ça n'ira pas mieux, et tu le sais.

— Maxence, je t'en prie !

— Mais pourquoi tu es comme ça ? Pourquoi tu restes avec ce type ?

— Mais… je l'aime !

— Non, tu ne peux pas l'aimer, c'est impossible. Tu ne peux pas !

Le cœur de Maxence est trop tendre, comme le mien. Quand il y a beaucoup d'émotions dedans, ça se met à chauffer trop fort. Et ça brûle. La souffrance fait fondre nos cœurs. Ils rapetissent de plus en plus, et ils finissent par disparaître.

Il repousse les lits et sort de la chambre. Maman me tient par le bras.

— Slimane, dis-lui, je t'en supplie. Dis-lui de ne pas parler de tout ça. À personne !

Il y a une telle terreur imprimée sur son visage dévasté que je lui promettrais n'importe quoi pour qu'elle me fasse un sourire. Juste un sourire, le matin, avant de partir à l'école.

— Tu viens, Slimane ?

Je dois me préparer. Faire comme si c'était un matin normal. Mais j'ai un gros bleu au bras, et on a piscine aujourd'hui… Je voudrais me laisser couler au fond de l'eau, pour tout oublier.

Maxence et moi, on est dans le même collège. Je suis en sixième, lui en quatrième. On fait le trajet ensemble. Des fois, ça me fait presque rire de nous voir comme ça. On dirait deux éclopés de la vie. Les lendemains de bagarre, on porte des pulls même si c'est l'été, pour cacher nos misères. Des sous-pulls, plutôt. En gros coton. Heureusement que c'est l'hiver. Ce matin, j'ai mis un gros pull, pour cacher le bleu énorme que j'ai au bras. Et un anorak par-dessus. Il est un peu trop petit, parce que ça fait au moins deux ans que je l'ai. Maxence use ses vêtements et ses chaussures jusqu'au bout, et après, c'est moi qui les récupère. Des fois, la semelle de ses tennis est tellement râpée que je sens la terre sous mes pieds, quand je marche. Mais je suis quand même content de marcher dans les chaussures de Maxence. J'ai l'impression qu'en mettant ses baskets, je vais devenir lui. C'est ce qui se passe, d'ailleurs. Je me mets à marcher comme lui, à parler comme lui. Je suis habillé en Maxence des pieds à la tête, et franchement, je trouve ça bien mieux que d'avoir des vêtements neufs. Et je dis pas ça par dépit. Je prends un peu de sa vie, je la mets dans la mienne et je mélange le tout. Maxence, c'est mon guide dans l'existence. Un manuel de savoir-survivre.

— Il faut qu'on y aille, nous, au commissariat.

— Tu veux dire sans maman ?

— Elle n'aura jamais le courage de le dénoncer. Si on ne fait rien, on est complices.

— Mais…

— Il faut qu'il soit puni.

— Mais elle veut pas, Maxence… Elle m'a dit de…

— Moi, je vais y aller. Choisis ton camp, Slimane.

Je le regarde s'éloigner dans la cour, avec son cœur trop lourd. « Choisis ton camp, Slimane… » Mais pourquoi tu dis ça ? J'ai tes baskets aux pieds, ton jean, ton pull et ta parka ! Je l'ai déjà choisi, mon camp ! C'est toi, mon camp…

Le jour n'est même pas encore levé, il fait la grasse matinée. J'ai une énorme boule dans le ventre. C'est un matin très lourd, un qui pèse des tonnes de kilos. Tout à l'heure, j'ai mis un mot en forme de cœur sous l'oreiller de maman. Dessus, j'ai écrit : « Pour remplacer ton cœur qui est blessé. Je t'aime. Slimane. » Elle n'est pas allée travailler aujourd'hui. On l'a laissée toute seule à la maison, avec sa lèvre éclatée et son œil au beurre noir. Ils vont finir par la virer elle aussi, si ça continue. Elle travaille dans un hôtel, sur l'autoroute. Elle fait le ménage dans des chambres à vingt-neuf euros tout compris.

— Mettez-vous en rang, et rejoignez vos classes en silence, s'il vous plaît !

Vue de l'extérieur, la vie a souvent l'air normale. Mais on ne peut jamais vraiment savoir si on ne se faufile pas dans la vraie vie des gens. Combien il y a d'enfants battus dans ma classe ? Difficile de savoir, il faudra attendre l'été pour voir combien viennent en sous-pull, même quand il fait vingt-sept degrés. Le collège est ultramoche. On dirait des milliers de boîtes à chaussures empilées les unes sur les autres. Il y a bien deux arbres, au fond de la cour, mais ils ont l'air mal en point. Eux, ils sont battus par le vent. Certains matins, je voudrais être malade pour éviter d'aller à l'école. Mais quand j'entends le Démon se racler la gorge dans la salle de bains, je me lève en quatrième vitesse avant qu'il en sorte. Souvent, Maxence et moi, on préfère petit-déjeuner dans notre chambre, comme ça, on est sûrs de ne pas le croiser. Rien que l'idée de rester seul avec lui dans la maison, ça me guérirait instantanément de la pire maladie de la terre !

4

Le Démon joue tout le temps au Loto. Il est sûr et certain qu'un jour, il gagnera le gros lot. Max dit que même si il trouverait ça totalement injuste que le Démon gagne, ce serait le seul moyen pour qu'on soit débarrassés de lui. Il dit que quand ils deviennent riches, les hommes font le grand chelem de la sainte Trinité : nouvelle maison plus grande, nouvelle femme plus jeune et plus belle, nouvelle voiture plus grosse et plus puissante. Ça veut dire que si le Démon touchait le jackpot, il nous abandonnerait, maman, Max et moi, et qu'il s'en irait habiter très loin dans une nouvelle vie. Le soir, je prie très fort pour qu'il trouve les bons numéros et aussi pour qu'il n'y ait pas d'enfants dans sa nouvelle vie. Juste des voitures, elles sentiront pas les coups. Hier soir, au journal télévisé, on a vu une marée noire. Ils ont dit que les dégâts étaient énormes et que ça allait coûter une fortune. Juste après, il y a eu les résultats du Loto. Bien sûr, le Démon a encore perdu et il s'est énervé. Mais Maxence a dit quelque chose de très important. Il a dit que ce qui serait vraiment super, c'est que le Loto soit humanitaire. On prendrait une petite partie pour aider les marées noires et les gens qui souffrent, partout dans le monde. Comme ça, même le Démon pourrait servir à quelque chose. Il pourrait changer le monde, sans même s'en rendre compte, et ça le rachèterait peut-être un petit peu.

Quand le Démon est là, on s'arrange toujours pour être deux à la maison : Maxence et moi, maman et moi ou maman et Maxence. C'est pour se protéger. Ça sert à rien quand les éléments se déchaînent, mais c'est un peu comme les gens qui barricadent leur maison juste avant le passage d'un ouragan. Ça leur donne l'illusion d'être maîtres de leur destin. Là, on ne pouvait pas faire autrement que de laisser maman toute seule... Pourvu qu'il passe la journée dans son troquet ! Ça fait des dizaines de fois que maman est obligée de maquiller les traces de coups. C'est devenu une vraie professionnelle. Si elle voulait, je suis sûr qu'elle pourrait se maquiller en monstre, et faire peur au Démon. Mais Maxence, il dit qu'il y a des gens qui sont des victimes nées, qu'ils n'y peuvent rien, que c'est comme ça. Maman n'a pas connu ses parents. Il paraît que sa mère, c'était une pute. Mais comme c'est le Démon qui l'a dit un soir où il avait trop bu, je crois pas que ce soit vrai. De toute façon, Maxence, il dit que les putes, elles rendent de grands services à la nation, et que si grand-mère est une pute, on doit en être fiers ! Moi, je voyais pas tout à fait ça comme ça, mais maintenant, quand je vois des putes, j'ai envie de les prendre dans mes bras et de les appeler mamie. Ce qui est sûr, c'est qu'on a de gros antécédents, comme dit Maxence. Parce que si c'était que d'un côté, ça irait encore, mais là, c'est de tous les côtés. Le père du Démon, on ne le voit plus depuis qu'ils se sont bagarrés il y a trois ans. Je sais pas ce qui s'est passé, ils buvaient triste dans le salon, quand on a entendu des bruits de meubles. On est tous venus en courant, et là, on les a vus en train de s'étriper.

— T'as pas arrêté de me faire chier depuis que je suis petit !

— C'est parce que j'ai tout de suite compris que tu serais jamais qu'un raté !

Je résume leur conversation. Grand-mère Josette, heureusement, elle avait bu aussi. Avec maman. Je me suis toujours demandé de quoi ça pouvait bien parler, deux femmes battues. Est-ce qu'elles discutent de lèvres fendues, d'yeux au beurre noir et de sang qui coule ? À mon avis, elles font semblant de rien et elles parlent pendant des heures comme si elles étaient normales et que le diable ne dormait pas tous les soirs dans leur lit. Bref, grand-mère n'a pas vraiment réalisé que c'était la dernière fois qu'on se verrait. Grand-père l'a prise violemment par le bras, mais elle avait l'alcool gai, alors elle nous a fait un grand sourire, du genre qui se rend compte de rien, et elle nous a même envoyé des baisers, un peu comme Marilyn Monroe. La porte s'est refermée, et là, on a senti un avis de grand froid. On a détalé comme des lapins. Maman est venue avec nous, parce qu'elle se sentait pas de rester seule dans l'appartement. On a refermé la porte tout doucement, pour faire croire au Démon qu'on n'avait jamais existé, et on est allés se planquer près du local à poubelles. C'était bien la peine de fuir une ordure…

5

Maman travaille très dur. Elle part tous les matins à 6 heures et elle rentre pas avant 20 heures. Des fois, je la regarde, et je me demande comment elle fait pour tenir. Je pense aux femmes qui travaillent dur, mais qui rentrent chez elles retrouver un mari qui les aime et des enfants gais, qui rigolent en faisant leurs devoirs. Mais Maxence, il dit que ça, ça existe que dans *La Petite Maison dans la prairie*, une vieille série télé qu'on a vue sur le câble. J'ai eu envie de plonger dans la télé, pour vivre avec la famille Ingalls. La maman, elle est très gentille. Elle s'occupe tout le temps de ses enfants et quand elle sourit, le monde est plus léger qu'un ballon. Le père, lui, il s'énerve jamais. Il a toujours le sourire et il coupe du bois. Quand il y a un problème, tout le monde s'assoit autour de la table pour s'exprimer. Et les punitions, c'est des gentilles punitions, du genre au lit sans manger, ou obligation de faire un peu de ménage, des choses comme ça. Mais ce qui est sûr, c'est que j'ai jamais vu Charles Ingalls frapper ses enfants à coups de ceinturon parce qu'ils avaient des mauvaises notes, les enfermer dans un placard tout noir, leur donner des coups de poing, ou torturer sa femme. Ça non, jamais ! En même temps, j'ai pas vu tous les épisodes…

Maman dit souvent que nettoyer la crasse, ça a quelque chose de reposant. Que ça lui donne l'impression de rendre la vie plus propre. Maxence, lui, il dit que c'est dommage qu'elle passe pas un vrai coup de Javel sur sa vie à elle. On rêve du jour où elle va rentrer dans notre chambre et nous dire très doucement qu'il faut qu'on prépare nos valises parce qu'on doit partir. Avec Maxence, on sait déjà tout ce qu'on emportera. Mon épée, je la laisserai bien en évidence sur le lit, au cas où mon père aurait envie de se faire hara-kiri. Mais à mon avis, il s'en fichera pas mal. Il ira dans la cuisine, et il ouvrira le frigo pour se faire hara-vache-qui-rit. Mais bon, ce jour-là n'arrive jamais. Parce que mon père, il est quand même fort, malgré tout. Le lendemain des jours où il a trop tapé, il est presque gentil. Il revient à la maison avec une fleur qu'il a cueillie en bas de notre HLM, ou bien avec un Banco. Il fait gratter ma mère, et si par bonheur elle gagne un euro, tout est oublié. Si elle gagne rien, elle s'en fiche parce que c'est le geste qui compte. Alors, elle sourit avec sa lèvre de travers et ses deux yeux au beurre noir, et pour Maxence et moi, c'est vraiment ça, la misère. Maman en train de sourire à son tortionnaire, comme s'il allait l'emmener en voyage à Venise. Dans un genre de gondole, peut-être. Le jour où ça arrivera, c'est sûr, il la noiera pour de bon. Maxence, il dit que c'est à cause de Walt Disney, le type des dessins animés. Parce qu'il a fait rêver des tas de filles au prince charmant, et que du coup, elles sont toutes un peu déréglées avec leurs rêves de midinette. Moi, j'en sais rien, j'y comprends pas grand-chose. Avant, je croyais que la vie, c'était simple, mais maintenant j'ai compris que c'était un problème aussi compliqué que ceux que M. Plassé, notre professeur de mathématiques, écrit sur le tableau noir.

M. Plassé, il porte des sous-pulls été comme hiver. Des marron, surtout. Un moment, je me suis même demandé si c'était pas un homme battu, lui aussi. Mais je crois pas. Je crois qu'il porte des sous-pulls par goût personnel. C'est pour ça que je l'aime bien. Pour ça, et parce que tout le monde se moque de lui quand il lève les bras et qu'on voit deux grosses auréoles de transpiration. Il y en a même qui l'appellent « Narta ». Il vient en cours en sandales de plage, celles en plastique transparent. En hiver, il met des chaussettes avec. Je l'aime bien aussi parce qu'il s'énerve jamais quand on comprend pas quelque chose. Il plisse le front en prenant un air très sérieux et il nous demande gentiment ce qu'on ne comprend pas. Certains jours, j'ai envie de lui dire : « C'est la vie que je comprends pas, monsieur. » Mais je suis pas sûr qu'il ait vraiment une explication valable à me fournir, alors je l'écoute nous réexpliquer les divisions et les soustractions. Si je divise mon père en mille morceaux et qu'ensuite je le soustrais de ma mère, j'obtiens combien ?

Sandrine, c'est la seule fille de ma classe avec laquelle je m'entends bien. Tout le monde se moque d'elle à l'école. Ils l'appellent « la grosse », et je vois bien que ça lui fait de la peine. Quand on monte les escaliers, elle a plus de mal que les autres. Moi, je l'attends toujours. Le pire, pour elle aussi, c'est la piscine. Quand elle est en maillot de bain, elle déborde de partout. Elle essaye bien de contenir sa chair, mais c'est une chair anarchique. Ça veut dire qu'elle a le chic pour faire ce qu'elle veut. Moi, je la trouve très jolie, mais les autres font des tas de plaisanteries méchantes, du genre « Sandrine, saute pas dans la piscine, il y aura plus d'eau » ou « Sandrine, c'est dans la mer que tu devrais nager, avec les baleines ». Ce genre de choses. Si ils continuent à être aussi méchants, Sandrine, elle va finir par être en voie de disparition, exactement comme les baleines qu'on a vues, Maxence et moi, dans un documentaire. Avant, elles étaient classées cétacés. Mais comme il y en avait de moins en moins, les messieurs des classements ont dit « c'est assez », et ils les ont classées mammifères marins. Les baleines, c'est un peu les mamies de la mer. Des qu'on a envie de serrer très fort quand on est malheureux et qui nous mettent un bon coup de nageoire aux fesses pour nous remettre d'aplomb. Sandrine, c'est pareil, elle prend de la place et c'est très rassurant. J'essaye toujours de la faire rire. Il faut absolument qu'elle soit gaie, sinon elle a l'air deux fois plus triste que les autres. Sandrine, je l'aime malgré tous les kilos qui nous séparent.

Dans ma classe, il y a aussi Geoffroy. On l'appelle « Bescherelle », parce qu'il est très fort en orthographe. Rien qu'en orthographe, mais c'est déjà ça. Pour tout le reste, il est dernier, mais il sait comment s'écrivent tout un tas de mots que nous, on connaît même pas. En fait, il a une grande mémoire, mais réfléchir, il sait pas trop.

6

C'est l'heure d'aller à la piscine, mais j'ai bien trop mal au bras pour nager. En plus, tout le monde va voir mes bleus. La seule solution, c'est de faire croire à un malaise. Je prends ma tête entre mes mains, à la fin du cours de M. Plassé, et je tourne des yeux.

— Qu'est-ce qui vous arrive, Slimane ?

— Je sais pas, m'sieur… Je me sens pas très bien. J'ai le vertige…

— Bocris, emmenez-le à l'infirmerie.

Je le regarde en prenant un air de noyé.

— Mais… Et la piscine ?

— Il ne manquerait plus qu'on vous laisse nager dans cet état-là ! Je préviendrai votre professeur, ne vous en faites pas.

Voilà, c'est aussi simple que ça. Dispensé de piscine. La noyade, ce sera pour un autre jour. L'infirmerie est à l'autre bout du collège. Vachement pratique en cas de problème grave ! On avance doucement, vu que je fais semblant d'aller vraiment mal. Bocris a l'air d'un mort vivant. Je crois que je l'ai jamais vu sourire vraiment. Avec toutes ses dents, je veux dire.

— Voilà, t'es arrivé. Bon, ben salut !

— Salut, Boc. Merci.

L'infirmière est blonde, et elle n'a jamais d'œil au beurre noir. Sa bouche est bien lisse, sans aucune trace d'éraflures, et elle porte toujours une blouse blanche qui lui donne un air vraiment sérieux.

— Encore vous, Slimane ? Qu'est-ce qui vous arrive aujourd'hui ?

Mon père a passé la soirée d'hier à nous cogner et j'ai un énorme bleu au bras. Du coup, j'ai fait semblant d'avoir un malaise pour échapper au cours de piscine parce que si je montre mon bleu, tout le monde va comprendre ce qui se passe chez moi, et alors la police va débarquer et emmener mon père en prison et ma mère, elle me pardonnera jamais.

— Slimane ?

— Heu… J'ai failli m'évanouir dans les pommes.

— À ce point-là ? Bon, mettez-vous torse nu, que je vous examine.

— Hein ? Heu… Non, j'ai trop froid. Je veux juste m'étendre un peu. Ça va aller, madame.

Elle me regarde comme si elle lisait dans mes secrets. Ça me donne envie de vider tous mes sacs, mais Maxence, il dit que c'est typique du regard des myopes. Ils vous regardent fixement parce qu'ils ne voient pas bien. Elle me laisse m'allonger tranquillement, avec mon anorak et tout le reste. J'ai d'un coup envie de pleurer. Qu'est-ce que maman est en train de faire ? Pourvu que le Démon ne soit pas rentré ! De temps en temps, l'infirmière vient vérifier que tout va bien. Je sens son parfum qui navigue dans la pièce toute blanche. Elle pose sa main sur mon front pour vérifier que j'ai pas de fièvre. Je m'endors en rêvant que je suis arrivé au paradis et qu'il y a des anges en blouse blanche partout.

L'infirmière m'a laissé dormir jusqu'à la fin de la classe. Quand je me relève, j'ai la tête qui tourne. Le poids de ma vie retombe sur mes petites épaules. Maxence m'attend dans la cour. Il n'a pas eu besoin de mentir, il avait pas piscine. On se regarde droit dans les yeux, sans dire un mot, et il me serre très fort la main. J'ai envie qu'il m'emmène au bout du monde. Rien que lui et moi. Et maman, sans ses yeux au beurre noir. Loin, très loin d'ici. On marche doucement pour pas arriver trop vite à la maison, mais en même temps, on a envie de courir pour être sûrs que maman va bien. Un pas rapide, un pas lent.

— Tu voudrais vivre où, Maxence ?

— Au Pays sans Adultes.

— Il y en aurait aucun ?

— Non. Ou plutôt, on laissera entrer uniquement ceux qui auront gardé leur âme d'enfant.

— Mais comment on pourra les reconnaître ?

— C'est facile, c'est ceux qui auront encore des rêves. Des rêves pour aider les gens qui souffrent.

— Et il est loin, ce pays ?

— Je crois, oui.

— Tu m'emmèneras avec toi, quand tu l'auras trouvé ?

— Oui.

— Promis ?

— Promis.

J'ai marché le cœur plus léger, parce que je savais qu'un jour, je partirais vivre avec Maxence au Pays sans Adultes.

7

Le samedi, maman nous emmène parfois faire des courses au magasin de Bel-Est, près de la porte de Bagnolet. C'est un centre commercial vachement bien. Ce matin, elle a eu la permission de prendre la voiture. Pour ça aussi, il faut qu'elle demande l'autorisation. C'est une voiture rouge toute pourrie, mais quand on est dedans, tous les trois, on se sent bien. Évidemment, il y a les traces de cigarettes du Démon, qui nous rappellent son existence, mais on regarde ailleurs et on n'y pense plus. Il y a un parking plein de voitures aussi moches que la nôtre, du coup, on se sent un peu en famille. Maman me laisse toujours mettre un sou dans le caddie, et j'ai même le droit de le pousser. Ici, il y a toutes les couleurs de la galaxie, même des qui existent pas. Des voilées, des stressées, des silencieuses, des bourrées, des rouges, des jaunes, des noires, des blanches, des roses, des café au lait… Maxence, il dit souvent qu'il aimerait prendre une photo de tous ces gens pour l'exposition qu'il fera quand il sera grand. Il l'appellera « L'humanité ». Maxence, il veut être photographe, même si il a jamais pris une seule photo de sa vie. Il le sait, c'est tout. Il observe toujours tout le monde et des fois, comme ça, il dit : « Elle est malheureuse, cette femme… » ou bien « Il est amoureux, celui-là ». Moi, je regarde la même chose que lui, mais je vois pas pareil, alors je réponds : « Ah bon, t'es sûr ? » Mon rêve, c'est d'économiser assez d'argent pour lui acheter un appareil photo jetable. Pour l'instant, j'ai que vingt cents, mais c'est un début.

Ce que je préfère au magasin de Bel-Est, c'est les travelators, les grands escalators plats qui montent et qui descendent. Maxence, il dit que *travel*, en anglais, ça veut dire « voyage », et que ça s'appelle des travelators pour faire voyager les pauvres comme nous. Pendant que maman regarde les vitrines dans la galerie marchande, nous, on monte et on descend avec le travelator.

— On va où, Maxence ?

— En Grèce ! Prêt pour l'embarquement ?

On boucle notre ceinture de sécurité, et on décolle jusqu'au ciel et même plus haut.

— La compagnie Bagnolet vous souhaite un agréable voyage…

— Regarde les nuages ! Et le soleil là-bas !

Ronald McDonald nous fait un signe. Quand on arrive en Grèce, on trouve le temps un peu brumeux, alors on décide de ne pas trop s'éterniser et on prend le travelator de retour.

— On va où, maintenant ?

— En Afrique !

— Attention, décollage immédiat.

On arrive en Afrique. Il y a plein de femmes en boubous de toutes les couleurs et des hommes habillés en bleu. Maxence, il dit que ce sont des Touaregs, des hommes du désert. Je me demande bien ce qu'ils font à Bel-Est. Ils doivent se sentir drôlement loin de chez eux ! À Bel-Est, le seul coin désert, c'est la boutique de la Chinoise, juste à côté du McDo. Personne n'en veut, de ses rouleaux de printemps. On est en plein hiver, forcément. Si j'avais des sous, je les lui achèterais tous. Pas pour les manger, juste pour lui faire plaisir.

En tournant la tête, j'aperçois maman. Elle lèche tellement de vitrines qu'elle va plus avoir de salive. Elle imagine comment serait sa vie dans cette jolie robe noire, si elle avait de quoi se la payer et si elle avait un gentil mari qui lui disait en rentrant le soir qu'elle est belle et que ça lui va bien. Nous, pendant ce temps-là, on fait le tour du monde. La Chine, surtout, ça me plaît. Alors, on y va deux fois. Puis l'Amérique. C'est beau, l'Amérique. Il paraît qu'il y a des Big Mac qui marchent dans les rues, à côté des vrais gens. Et l'Andalousie, l'Argentine… C'est Maxence qui fait le guide, parce que moi, je ne connais même pas la moitié des pays qu'on visite.

— En Argentine, il y a vingt langues autochtones.

— C'est quoi « motochtones » ?

— Locales, quoi.

— Ah !

— Je te les dis ?

— Ben oui !

— Aymara, chiripà, choroti…

— Rôti de quoi ?

— Non choroti, chulupi, kaiwà, mapuche…

— Ma puce ?

— Non, mapuche, mocovi, ona, tapiété…

— T'as pété ?

— Non, tapiété…

— Ta piété, comme à l'église ?

— En quelque sorte. Et il y a aussi le quechua et le guarani.

— Ah, oui, ça je connais. Il y a des gens qui prennent ça le matin, pour avoir la pêche.

— Non, ça, c'est le guarana.

— Peut-être, mais c'est un peu pareil !

On s'assoit sur le rebord du travelator. Je me sens pas très bien.

— Pff, c'est fatigant de voyager, quand même ! J'ai la tête qui tourne.

Maxence n'est jamais fatigué. Il a toujours son regard ardent. Je vois bien qu'il continue à voyager, pour repousser toujours les limites de sa vie. Il veut pas avoir treize ans et passer son samedi au supermarché de la porte de Bagnolet. Non, lui, ce qu'il veut, c'est voir le monde, même si le monde le voit pas.

— Ce que je préfère, moi, c'est la muraille de Chine. Elle a été construite pour repousser les invasions. C'était une ligne de démarcation entre le monde civilisé et le monde barbare.

— Si on avait la même à la maison, c'est sûr que le Démon, il pourrait plus rien nous faire.

— …

— Mais elle rentrerait pas, chez nous.

— Tu sais, des milliers d'hommes ont travaillé à sa construction, jusqu'à la mort même.

— C'est comme un grand cimetière, alors ?

— Et il y a des milliers de marches qu'il faut monter et descendre.

— Comme au club de gym ?

— Exactement.

Maman vient nous chercher. Il faut qu'on fasse les courses. Le pire, c'est sa liste à lui, qu'il a notée au crayon à papier : « bière (plein), vin (démerdé vous pour qui soye bon), saucisson et chocolat. » Maxence est furieux rien que d'y penser.

— Il pourrait faire ses courses tout seul, quand même !

Ça fait de la peine à maman.

— Mon chéri, je t'en prie !

— Mais il fait rien de la journée ! Rien d'autre que boire. Si seulement il pouvait se noyer dans son vin. Mais non, même pas ! Il flotte.

Maman est triste maintenant. Elle a rêvé d'une autre vie que la sienne devant des vitrines accueillantes, mais elle pousse un caddie à Bel-Est, avec son jean trop vieux et ses chaussures râpées.

J'ai envie de reprendre le travelator direction le Japon. On n'y est pas encore allés, au Japon. Maxence, il dit qu'ils mangent du poisson cru et qu'ils le trempent dans une espèce de sauce toute noire. J'aimerais bien y goûter.

Dans le supermarché, les rayons sont beaucoup trop grands et on est tous un peu perdus. Sauf ceux qui viennent là tous les week-ends pour la distraction, même s'ils n'achètent rien. Il y a des beaux vélos tout neufs à l'entrée. Ça me plairait vraiment d'en avoir un. J'en ai fait une fois en bas de la maison. Le vent sur mon visage, et pédaler, pédaler pour tout oublier. Ça m'avait plu, parce que si on pédale vraiment vite, la vie ne peut pas nous rattraper.

Maman n'achète jamais des vraies marques. Elle prend que des sous-marques, parce que ça coûte moins cher. Des sous-marques surgelées aussi, comme ça on n'a pas besoin de faire tout le temps les courses. Le pire, c'est les steaks hachés empilés par vingt dans leur boîte. Sur la pochette, ils ont l'air sans gras, mais en vrai, c'est plutôt de la graisse au steak. Je déteste ça, mais j'ose rien dire, parce que je sais que maman va me répondre qu'il faut manger de la viande, que c'est bon pour la santé. Même si ça, c'est pas de la viande, ça y ressemble. À la télé, on a entendu dire qu'il fallait manger au moins cinq fruits et légumes par jour pour être en bonne santé. Nous, on n'en mange presque jamais. Maxence, il dit qu'au lieu d'« éradiquer la pauvreté », ils veulent « éradiquer » les pauvres et que c'est pour ça que les fruits et les légumes coûtent aussi cher. Moi, ce que j'aime le plus, c'est les pommes. J'en mange au compte-gouttes pour faire durer la joie du plaisir. Un bout par-ci, un bout par-là. Des fois, je la mets dans du papier transparent et je la cache dans le frigo, ou sur la fenêtre, quand il fait froid. C'est pour que je sois en bonne santé.

Maman pose les bières du Démon dans le caddie. Elle en prend deux packs pour qu'il soit content. Au rayon des vins, c'est plus compliqué, parce que tout coûte cher. Elle hésite, et c'est Maxence qui finit par choisir. Il prend du vin dans des bouteilles en carton, comme si c'était du jus de raisin. Au moment où il pose les bouteilles dans le caddie, il croise le regard de maman, et je les entends pousser un gros soupir.

Après, on arpente les rayons avec des nuages au-dessus de la tête. Quelques gouttes de pluie tombent même sur nous. Mais on arrive quand même à se détendre et on profite d'un vrai après-midi sans Démon. Il y a sa bière et sa vinasse dans le caddie. Il doit être content maintenant, non ? On achète son chocolat et son saucisson, et après on est vraiment débarrassés de lui. Les nuages disparaissent et le ciel s'éclaircit beaucoup. On marche lentement dans les rayons et on rêve en regardant tout ce qu'on ne peut pas acheter. Les vrais biscuits de marque et tout ce qu'on voit à la télé. On traîne le plus longtemps possible parce qu'on n'a pas envie de rentrer. À la caisse, on paye, même si c'est toujours trop cher pour nous. Ensuite, direction le parking. C'est moi qui range le caddie, en reprenant le sou. J'ai toujours envie de refaire un tour de travelator, mais ça fait trop longtemps qu'on est partis et le Démon risque de s'énerver.

Plus on se rapproche de la maison, moins on parle. Quand on se gare, c'est carrément silence radio. Même les mouches arrêtent de voler. On décharge les sacs et on prend l'ascenseur. À partir du deuxième étage, j'ai une barre dans le ventre. Je me courbe, je n'arrive plus à me tenir droit. Maman, Max et moi, on se regarde. Il y a des bulles de BD au-dessus de nos têtes : « J'ai peur, je veux pas rentrer. » « Moi non plus, mais ne t'inquiète pas, je suis là. » « Ça va aller. » Ce genre de bulles.

Maman cherche lentement sa clé dans son sac, et elle nous regarde fixement avant de l'introduire dans la serrure. Elle n'a même pas le temps d'ouvrir la porte : le Démon est devant nous, avec ses yeux qui lancent des étincelles.

— Eh ben, c'est pas trop tôt ! Qu'est-ce que vous foutiez, bordel ?

On est paralysés.

— Oh ! Je vous cause !

— Il… Il y avait beauc… beaucoup de monde.

Maman, quand elle a peur, elle bégaye.

— Faites chier, putain ! Eh, restez pas plantés là, bougez-vous, merde !

On rentre vite dans l'appartement, en traînant les sacs derrière nous. Le Démon claque la porte. Il peut tout nous arriver maintenant. Zone de non-droit, comme disent les messieurs de la télévision. Il suffit qu'on se soit plantés de marque de bière, que le saucisson ait une tronche qui lui revienne pas, ou qu'il ait juste envie de se défouler.

On déballe nos achats en silence, sans oser lever la tête. Il voit les bières, le vin, le chocolat et le saucisson. On retient notre souffle. Maman est au bord de l'évanouissement. Il se sert un verre de vin. Il le regarde, le fait tourner dans le verre et le renifle, façon dégustation. Il en boit une gorgée. Trois cœurs s'arrêtent de battre. Il le regarde encore, le refait tourner, le sent. Trois cœurs sont suspendus dans le vide. Il le boit d'un trait et va dans le salon. Trois cœurs recommencent à battre à peu près normalement.

8

Quand Maxence s'est mis à savoir plus de choses que le Démon alors qu'il avait à peine six ans, ça a été le début de la fin. Parce qu'il ne se contentait pas de poser toutes ces questions qu'on pose quand on est petit : pourquoi il pleut, pourquoi il fait noir la nuit, d'où vient le vent… Il donnait aussi les réponses. C'est à ce moment-là que le Démon s'est rendu compte qu'il était complètement débile, et qu'à part citer les différentes marques de bière, il savait que dalle. Bien sûr, il aurait pu se réjouir d'avoir comme fils une encyclopédie vivante et en profiter pour apprendre un tas de trucs à l'œil, mais au lieu de ça, l'encyclopédie, il l'a prise en grippe et il s'est mis à lui taper dessus.

Une fois, j'ai vu à la télé une émission sur un cuisinier. Je croyais qu'il s'appelait Roblochon, mais Max m'a dit que ça, c'était un nom de fromage, et qu'il s'appelait Robuchon. Robuchon, dans ses assiettes, il y a des jardins en fleur et des prés gorgés d'odeurs de toutes les couleurs. C'est pareil que les tableaux de Monet que Max m'a montrés un jour. Sauf que Robuchon, lui, il peint avec les aliments. Il fait des sculptures avec des noix de Saint-Jacques, il fabrique des tas de saveurs qui n'existent pas à l'état sauvage. Max, lui, il cuisine avec les gens. Moi, par exemple, j'ai la chair bien tendre, comme un carré d'agneau, et il m'attendrit encore plus. Quand il me parle, il m'aromatise avec ses mots, il saupoudre des pincées de vie sur moi. Il me mélange, il me pétrit, et il me laisse reposer. Surtout, il prend soin d'enlever la mauvaise graisse qu'il y a autour de moi, tous ces résidus de Démon qui gâteraient même les meilleurs morceaux. Dans l'émission, ils ont montré une invention de Robuchon : la gelée de caviar à la crème de chou-fleur. Maxence m'a dit que le caviar, c'est les œufs des esturgeons qui nagent dans les mers froides. À ce qu'il paraît, c'est des poissons iraniens, qu'on mange sans même leur demander leur « carte de séjour ». Tous ces œufs, ça fait des tas de bébés caviar dans notre ventre. Et comme on est remplis d'eau, les œufs des esturgeons se sentent à l'aise, parce qu'ils nagent dans nous. C'est pour ça que c'est si bon, le caviar. Enfin à ce qu'il paraît, parce que j'en ai jamais mangé. La nourriture doit chanter à l'intérieur de nous. C'est pour ça que Maxence, même quand on mange du jambon avec des pâtes, il se prend pour Robuchon. Et ça, c'est fort, parce que les tranches de jambon compactes, coupées en carré, toutes roses à cause des colorants, il faut vraiment avoir de l'imagination pour les rendre jolies. Max, il les coupe en dés, il les roule, et il en fait des triangles ou des cœurs. Et puis il dépose les pâtes autour. Ça fait comme des marguerites avec un cœur de porc. Max m'a dit qu'il y avait des cochons de lait, élevés sous la mère. Pour le Démon, il y a sûrement des cochons de vin, élevés sous le pichet.

Maxence m'explique les choses de la vie. Parce que la vie, c'est vachement compliqué. Maxence, quand il parle, je comprends tout. Ses mots, c'est des pinceaux multicolores qui rendent tout beaucoup plus beau. Quand il y a vraiment trop de goudron autour de nous, Max et moi, on joue au jeu des rêves et des cauchemars. C'est lui qui l'a inventé.

— Combien tu as de rêves dans le cœur, Slimane ?

— Deux mille.

— Combien de cauchemars ?

— Cinq.

— Combien d'étoiles dans ton ciel ?

— Dix millions.

— Combien d'orages ?

— Trois millions.

— Comment est ton ciel ?

— Bleu, avec des nuages en peluche.

— Qui est ton frère préféré ?

— Maxence le magicien.

— À quoi va ressembler ta vie ?

— À un feu d'artifice géant…

Souvent, quand on est trop tristes, on ferme la porte de notre chambre et Max ouvre un parapluie. On se glisse en dessous, comme ça, les larmes ne tombent pas sur nous.

— Max, tu crois que les mers se sont formées avec les larmes de tous les gens qui ont pleuré depuis des siècles ?

— Ça fait beaucoup de gens tristes, alors.

— Et quand il pleut, c'est le ciel qui est triste ?

— Non. C'est les nuages. Ils emmagasinent toute la tristesse du monde, et quand ils n'en peuvent vraiment plus, ils pleurent.

— Quand il y a la mousson, c'est que c'est vraiment grave, alors !

— Oui. Ça, c'est quand les nuages ont vraiment beaucoup, beaucoup de chagrin. Ils font ce qu'ils peuvent pour se contenir, mais brusquement, ils n'y arrivent plus, et alors ça coule d'un seul coup.

Il y a trois ans, pour mon anniversaire, Max m'a fabriqué des ailes d'ange en papier. Dessus, il a mis du gros scotch marron, pour que je puisse les enfiler. On les a peintes en bleu, parce que je trouvais ça chouette de transporter le ciel sur mon dos, on a dessiné plusieurs soleils parce qu'un seul pour tout le monde c'est beaucoup trop peu, on a mis des tas d'étoiles filantes pour pouvoir faire des vœux, des coccinelles parce que ça porte bonheur, des fleurs parce que ça sent bon, et des papillons multicolores pour faire joli. Il nous reste même de la place pour rajouter encore des choses, si on veut. Maxence, il dit que je dois les enfiler chaque fois que le Démon hausse la voix, pour qu'elles me protègent de toute sa haine. Max, lui, il a pas d'ailes d'ange, et j'ai peur qu'il ne soit pas assez protégé. Alors, on partage mes ailes. On enfile un bras chacun, et on devient un ange deux-en-un. Maxence, il dit souvent que si on reste trop longtemps dans l'obscurité, on oublie le soleil, et que c'est pour ça qu'il faut apprendre très jeune à fabriquer du soleil. Il appelle ça le « soleil de substitution ». Souvent, quand le Démon quitte notre chambre, Max ouvre la fenêtre et il passe ses mains sur moi « pour enlever les mauvaises vibrations ». Il dit qu'il faut faire ça régulièrement, sinon elles restent collées à nous et elles finissent par nous étouffer.

9

Le mercredi après-midi, on n'a pas école. Quand le Démon est à la maison, on se sauve dès qu'on peut pour pas rester avec lui. Mais aujourd'hui, c'est lui qui est parti. On n'y croyait plus. Il allait et venait dans l'appartement comme un lion en cage, en cherchant la bagarre pour un oui ou pour un non.

— Hé, Slimane, ta serviette dans la salle de bains, c'est qui qui va l'étendre, bordel ?

Je me précipite pour obéir en me faisant plus petit qu'une souris. J'ai remarqué que quand je fais ça, il me voit presque pas. C'est comme si j'étais transparent. Maxence, lui, il sait pas faire ça. Il bombe le torse et même ses cheveux respirent la haine qu'il porte au Démon.

— Oh, Max, tu te crois où, là ? À l'hôtel à ta mère ? Tu viens astiquer ta merde tout de suite ou je te déboîte la tronche !

Maxence n'aime pas quand on lui parle comme ça, parce qu'il est super bon en français. Il adore les belles phrases, comme dans Molière. Quand il s'ennuie, il ouvre le dictionnaire et il cherche des mots nouveaux du genre : « métabolisme », « empirique », « prérogative », ce genre de mots.

— Oh, t'entends ou quoi ?

Maxence regarde le Démon comme si il allait le pulvériser d'un coup, façon *Guerre des étoiles*. Sauf que l'autre continue à se pavaner en jogging dans l'appartement, hyper sain et sauf. Et Maxence va nettoyer la cuisine, alors que c'est même pas lui qui l'a salie. Il serre les dents, mais il a beau faire, il envoie des ondes que le Démon reçoit. Et il se prend une claque. Juste comme ça. Pour rien.

— Tiens, petit con. Me regarde pas comme ça. Tu réponds rien. Tu fermes ta gueule, sinon je te dérouille.

L'autre vient inspecter la cuisine, et il chipote sur tout. Maxence est tout rouge. On dirait qu'il va exploser. Quand il essore l'éponge, il la serre tellement que ses doigts deviennent tout blancs.

Le Démon finit par s'en aller. On le guette, cachés derrière les rideaux, pour être sûrs qu'il va pas revenir. Il s'éloigne lentement, en tanguant un peu, comme si son navire prenait l'eau. Sauf que malheureusement, il coule jamais. Quand il disparaît complètement, mes poumons se remettent à respirer normalement.

Maxence va chercher la bouteille de vin du Démon. Il la pose sur la table, et il nous sert un verre à chacun.

— Tiens, bois.

— Pourquoi ?

— Pour faire une expérience.

— Pourquoi ?

— Pour voir si c'est le vin qui rend violent. Si c'est ça, on lui en achètera plus.

Je regarde mon verre et j'ai encore moins envie de le boire.

— Tu veux dire que si je bois, je vais peut-être avoir envie de te taper ?

— C'est possible. Mais comme j'en aurai bu aussi, je me défendrai.

— …

— Bon… À ta santé !

Il lève son verre avec élégance et il se force à boire. Je fais tout pareil que lui. Le lever de verre et le reste. Je peine à le finir, mais Maxence nous ressert tout de suite. Ma tête commence à faire des tours de manège.

— Maxence, j'ai pas envie de te taper.

— Moi non plus.

— Donc si le Démon est aussi méchant, c'est pas à cause du vin ?

— Faut croire que non.

— Maxence ? Je crois que je vais vomir.

— Moi aussi.

On court vers les toilettes et on vomit chacun notre tour. Quand vous vomissez dans la même cuvette que quelqu'un, c'est à la vie à la mort. On a l'impression qu'on va mourir. Tout tourne autour de nous, c'est affreux. Mais la peur de se faire prendre est la plus forte et on trouve encore la force d'aller nettoyer les verres. On cache la bouteille de vin vide dans notre chambre, là où on est sûrs que le Démon la trouvera pas, et on court se mettre au lit. Heureusement, maman rentre la première et elle s'occupe de nous. Elle nous dit qu'on a une intoxication alimentaire et qu'il faut pas qu'on bouge. Elle n'appelle pas le médecin, même si on a la CMU. On reste allongés, aussi blancs qu'un lavabo, mais sans aucune envie de violence. Donc, c'est pas la faute du vin si le Démon est comme ça. Et c'est pas à cause de la cigarette non plus. Sur les paquets, il y a écrit « Fumer tue », pas « Fumer rend violent et fait des coquards à votre femme ». Mais des fois, il y a écrit aussi « Fumer nuit à votre entourage ». C'est peut-être ça, alors ?

Quand le Démon rentre, il supporte pas qu'on soit au lit, et ça fait des histoires.

— Qu'est-ce qu'ils ont, ces petits cons ? Ils ont rien foutu de la journée et ils sont déjà au pieu ?

— Ils sont malades.

— Malades, mon cul !

Et ça continue comme ça pendant des heures, parce que ça dérive sur la maison qui est pas assez bien rangée, sur la salle de bains qui est jamais assez propre, alors que c'est lui qui la dégueulasse tout le temps, et sur le dîner qui est jamais prêt quand il a faim.

— Il y en a que pour ton hôtel de merde ! À la maison, on dirait un fantôme !

— Mais… je travaille toute la journée !

— Ouais, ben c'est pas une raison. T'es femme de ménage et la maison est dégueu. Il y a une couille, là, non ? Alors t'es gentille, tu prends tes bidons, et tu fais comme si qu't'étais à l'hôtel.

— Mais… Je suis fatiguée, Jean-Claude.

— J'en ai rien à foutre ! Je vais pas vivre dans la crasse parce que madame a ses règles !

Je me bouche les oreilles pour ne plus entendre tous ces mots blessants. Le Démon, quand il parle, on dirait une marée noire. Comme celles qu'on voit à la télé. Les beaux oiseaux blancs sont recouverts de mazout.

Ils meurent parce qu'on leur a mis tellement de saleté sur eux qu'ils ne peuvent plus voler. Moi aussi, j'ai du mazout partout, et des fois je peux même plus respirer. Quand je marche, on dirait qu'il y a du goudron sous mes pieds. Je reste collé. La vie est trop étroite pour moi. Qu'est-ce que je vais devenir ? Il y a une pierre à l'intérieur de moi. Une pierre impossible à soulever. C'est l'intifada dans mon cœur, ça cogne, ça cogne… Il pèse une tonne. Des fois, quand je pose ma main dessus, je l'entends même plus battre. On devrait vider nos cœurs comme on vide un grenier. Jeter les vieilles querelles qui l'encombrent, les tristesses qui prennent trop de place. On devrait teindre nos cœurs avec des couleurs vives, quand les années les ont rendus trop ternes. Et faire du rangement pour laisser de la place à tous les autres cœurs qu'on va croiser sur notre route.

— Tu fais chier, connasse ! Si tu crois que je vais passer ma vie à me faire chier dans ce trou à rat avec toi et tes deux mouflets, tu te fous le doigt dans l'œil !

Je voudrais m'endormir dans un nuage, pour ne plus jamais entendre le Démon. Fermer mes oreilles à double tour et jeter la clé très loin d'ici.

Des bruits de meubles, des bruits sourds, des cris étouffés… Je me bouche les oreilles, collé contre Maxence, mais je les entends quand même. Je pleure tout doucement, un goût de sel envahit ma bouche. Soudain, la maison est plongée dans un silence effrayant. On n'ose pas bouger. On se sent encore mal à cause du vin, mais Maxence se lève et entrouvre la porte. Il se glisse lentement dehors en s'appuyant contre le mur. J'ai l'impression que mon cœur va s'arrêter de battre, mais je me lève quand même et je le suis. On est plus fort à deux. On se faufile dans le couloir, nos pieds nus frottent contre la moquette râpée. Dans le salon, le Démon est avachi devant la télé en tenant sa bière comme un trophée, et maman est prostrée dans son fauteuil, avec une joue plus grosse que l'autre et du sang sur la tempe.

La vie, c'est pas pour les enfants.

10

En sortant de l'école, on file chez Nouredine. Il a une PlayStation et il joue vachement bien. Nous, on sait pas jouer, mais Maxence adore apprendre, alors il a sagement écouté les instructions, et après, il a pas arrêté de battre Nouredine. Moi, je me suis installé devant la télé parce qu'il y a le câble chez Nouredine. Il a même la télé dans sa chambre. J'ai vu *Mary Poppins*, un vieux film américain. Mary Poppins, elle débarque comme nounou chez des enfants malheureux pour fabriquer du bonheur. Et quand elle claque dans ses doigts, la chambre se range toute seule. Elle a un parapluie et quand elle l'ouvre, elle s'envole plus loin que les nuages. Quand Mary Poppins passe devant des paysages dessinés à la craie sur un trottoir, elle saute dedans à pieds joints et elle se retrouve dans un autre monde. C'est comme un immense soleil qui marche dans la rue. J'aimerais bien être un soleil, moi aussi, mais je me sens plutôt comme une minuscule étoile presque éteinte, perdue dans le ciel. Le Démon, lui, c'est un orage avec de la foudre qui tombe partout et fait des tas de dégâts. Maxence, c'est un arc-en-ciel avec des jolies couleurs qui éclairent même les jours de pluie, et maman, c'est un soleil qui n'a plus de piles.

Nouredine est furieux de s'être fait battre par Maxence à la PlayStation et il pique sa crise. Maxence vient me chercher et on va faire un tour. Des terrains vagues, des barres d'immeubles et des paniers de basket défoncés, c'est ça, notre horizon.

— À quoi ça ressemble, la mer, Max ?

— C'est comme quand tu remplis l'évier avec de l'eau, mais en plus grand et avec du vent.

— Et l'horizon, ça s'arrête où ?

— Ça s'arrête quand on arrête de rêver.

— Tu crois qu'on la verra un jour, la mer ?

— Ferme les yeux.

— …

— Tu le sens, le vent sur ton visage ?

— Oui.

— Et les embruns ?

— C'est quoi, les embruns ?

— C'est une pluie fine formée par les vagues quand elles se brisent.

— C'est une pluie salée, alors ?

— Oui.

— Ça y est, je les sens, les embruns.

— Respire. Tu sens l'odeur des algues ?

— Comme un marécage avec de l'oxygène ?

— C'est ça.

— Ça sent bizarre.

Le vent balaye mon visage et emmène avec lui la poussière qui recouvre mes pensées.

— Tu entends les vagues ?

— On dirait qu'elles chantent.

Je tiens la main de Maxence et on tangue très légèrement. Il m'explique que c'est à cause du roulis de la mer. Un jour, un bateau viendra nous chercher et nous emmènera très loin d'ici. On regardera le HLM et le Démon devenir tout petits, avant de se tourner vers le large et de respirer la vie. Maman sera avec nous, et elle éclatera de rire. Un jour…

— Ouvre les yeux et regarde la mer, Slimane.

J'ose pas les ouvrir, de peur que la magie de cet instant s'envole. Maxence serre très fort ma main et j'ouvre lentement un œil après l'autre.

— C'est beau !

Devant nous, il y a une mer immense qui danse au-dessus des poubelles, une mer bleue et verte qui ondule avec les reflets du soleil. Une mer qui recouvre tous nos déserts.

L'appartement est plongé dans le silence. Une pluie battante se met soudain à tomber, recouvrant le monde de gris. La tristesse colle à mon cœur. J'étouffe…

— Mets ton maillot de bain, Slimane.

— Quoi ?

— On va à la plage.

Je le regarde en pensant qu'il est devenu fou. Il s'active et, deux secondes plus tard, il est en maillot de bain. Il va chercher deux serviettes dans la salle de bains, il les pose sur la moquette et il retourne la lampe de bureau pour que la lumière atterrisse sur nous. Puis il s'allonge sur la serviette en fermant les yeux.

— On n'a même pas besoin de mettre de crème solaire !

J'enfile mon maillot de bain en quatrième vitesse et je m'allonge près de lui. Je repense aux embruns de tout à l'heure et au vent qui me fouettait le visage. Le soleil m'éblouit quand j'ouvre les yeux. Maxence, il fait danser la vie. Il l'oblige à voler toujours plus haut, même quand elle n'en peut plus et qu'elle veut se fracasser sur le bitume. Maxence, il est comme Mary Poppins. Quand il claque dans ses doigts, la tristesse éclate de rire.

11

Aujourd'hui, on a l'appartement pour nous tout seuls. Pas de Démon à l'horizon. Il est en train de boire ses malheurs dans son troquet habituel. Maman est à l'hôtel. Tout est silencieux. Max me prend par la main et m'entraîne dans la cuisine.

— Viens, on va faire un gâteau au chocolat.

— Tout seuls ?

— Oui. Pour maman.

— Mais tu sais faire ça, toi ?

— Non, mais on va apprendre !

— Pourquoi on prend pas des sous dans la réserve de maman pour en acheter un tout prêt ?

— D'abord, ça coûte trop cher, et en plus, c'est pas pareil d'acheter un gâteau et d'en faire un soi-même !

— …

Dans sa main, il y a une feuille de papier, avec une recette de gâteau au chocolat marquée dessus.

— T'as eu ça où ?

— C'est Fatima qui me l'a donnée. Elle m'a même donné de la farine et du chocolat ! Alors, tu marches avec moi, ou pas ?

— Évidemment que je marche !

Je lui prends la liste des mains, et je lis.

Gâteau au chocolat, par Fatima :
200 g de farine
1 sachet de sucre vanillé
200 g de sucre
20 g de beurre
200 g de chocolat
4 œufs

— On en a même pas, du sucre vanillé !

— On s'en fiche ! On mettra le rhum du Démon !

Maxence file chercher la bouteille du Démon pendant que je prie pour qu'il ne rentre pas pile à ce moment-là. Max fait chauffer le four et met du beurre dans une espèce de moule. On coupe le chocolat en morceaux, et on bat les œufs avec le sucre. Ça mousse.

— Regarde, Slimane, on dirait de l'écume !

— C'est quoi, de l'écume ?

— C'est comme de la bave d'animaux, mais dans la mer.

— Berk !

On fait fondre le beurre doucement, et on le met dans la bave d'animaux. Max me dit ce que je dois faire, moi, je lui obéis au doigt et à l'œil.

— Vas-y, mets la farine lentement.

J'essaye, mais je fais tomber trop de farine, et ça fait des grumeaux. On dirait des gros rochers. Max prend une fourchette, et il les écrase comme si il faisait de la purée. Ensuite, il prend la farine, et la verse « en pluie », très délicatement, en mélangeant. On met le chocolat. Au début, il reste en morceaux, très sûr de lui. Mais il finit par fondre, et la préparation est envahie de chocolat. Je mets mes doigts dedans, et je les lèche. Max fait pareil, du coup, il y a plein de chocolat sur nos figures. Il y a de la farine aussi, et ça nous fait rigoler.

Le plus dur après, c'est de battre les œufs en neige, parce qu'on n'a même pas un appareil spécial pour le faire. On tourne aussi vite qu'on peut, chacun notre tour, mais ça fait pas vraiment de la neige. Ça fait plutôt un genre de gadoue. Max dit que ça ira quand même. On met la gadoue dans le chocolat, et on mélange. Comme Fatima a marqué qu'il faut mélanger « délicatement », je laisse faire Max, parce que moi, je suis pas assez délicat. Je voudrais bien être délicat, surtout parce que je voudrais jamais ressembler au Démon. Lui, je l'ai jamais vu être délicat. C'est un mot qui n'existe même pas dans son vocabulaire. Souvent, je commence à faire quelque chose avec le plus de délicatesse possible, mais ensuite, j'ai envie de finir vite, et je suis plus du tout délicat. Maxence, lui, quand il mélange le futur gâteau au chocolat, on dirait que pour lui, c'est la chose la plus importante au monde. Il se penche légèrement en avant, il plisse le front, et il touille très doucement. Il me laisse étaler la préparation dans le moule, et il le met dans le four. On regarde le gâteau cuire. Je tends régulièrement l'oreille en jetant un regard vers la porte, pour être sûr que le Démon n'est pas encore rentré.

Une odeur de chocolat se répand dans toute la maison. Miam ! Le gâteau, je le mange rien qu'avec mon nez. Trente minutes plus tard, Maxence le sort du four, avec un gant spécial antibrûlure. Et puis il plante un couteau en plein milieu, comme je voudrais des fois le faire dans le cœur du Démon. Si le couteau ressort propre, c'est bon. Le cœur du Démon est beaucoup trop cuit. Le cœur du Démon a été fabriqué avec des abats. Des morceaux que normalement on met à la poubelle, ou qu'on donne aux chiens errants. Le cœur du Démon a été assaisonné par un cuisinier débutant pressé de terminer sa journée, qui a mis trop de poivre et trop de piment. C'est pour ça qu'il est tout le temps en colère.

On pose le gâteau sur la table de la cuisine, avec un mot pour maman. Un mot qu'on écrit tous les deux, pour lui dire qu'on l'aime. Ensuite, on va se nettoyer dans la salle de bains, pour enlever la farine, les œufs et le chocolat collés sur nous.

La porte d'entrée s'ouvre. On a le cœur qui bat, parce que maman va voir notre cadeau, sur la table. On se précipite dans le couloir, mais c'est rien que le Démon, avec son jogging avachi de partout, et sa démarche de poivrot. On réfléchit à toute vitesse : il faut cacher le gâteau ! Mais il va droit dans la cuisine. Il voit le gâteau et le mot pour maman. Il le lit, et il le déchire. Puis il plonge sa grosse main en plein milieu du gâteau, il en mange la moitié, et le reste, il le jette dans la poubelle.

— Et moi, j'ai droit à rien ? Il est dégueu, votre gâteau, sales petits cons !

Il tape du poing sur la table. Ça fait tanguer tout l'immeuble. Il sort de la cuisine en nous poussant. Mon épaule s'écrase contre le mur. Je pleure sans faire aucun bruit. La porte claque.

Max est beaucoup plus blanc que la farine de tout à l'heure. Il bouge plus du tout, comme si il était devenu un genre de statue. Je ramasse le gâteau dans la poubelle. Je le remets comme je peux dans le moule, et je le repose sur la table, à côté du mot émietté.

Quand maman est rentrée, elle a trouvé un mot en mille morceaux, rafistolé avec du scotch, et une moitié de gâteau chiffonné. Elle l'a goûté, même si on lui a dit qu'il avait fait un petit séjour dans la poubelle, et elle nous a dit merci en pleurant, la bouche pleine du gâteau massacré par le Démon.

Je me couche avec des tas de pensées qui s'entrechoquent dans ma tête. Ça fait comme un spectacle de claquettes dans mon cerveau.

— Max, ça sert à quoi, un père ?

— Ça sert à rendre malheureux.

— Tous les pères ?

— Peut-être pas, non… Ça dépend…

— De quoi ? De l'entreprise qui les fabrique ?

— C'est ça, oui. J'espère que celle qui a fait le Démon a mis la clé sous la porte.

— Moi aussi. Comme ça, elle n'aura pas fabriqué trop de Démons.

Maxence s'endort. Son souffle régulier s'enroule autour de moi comme une écharpe en peluche. J'aimerais bien m'endormir aussi vite que lui, mais le sommeil ne vient pas. Je peux pas empêcher mon cerveau de réfléchir… C'est bientôt la fête des Pères. Qu'est-ce qu'on pourrait bien lui offrir, au Démon ? Des gants de boxe ?

Est-ce que le Démon connaît ma couleur préférée ? Les films qui me font rire ou pleurer, mon gâteau favori ? Est-ce que le Démon sait qui je suis ? Il faudrait un énorme marteau-piqueur pour percer son cœur de pierre et voir un peu de tendresse s'écouler. Comme les arbres qu'on entaille, au Québec, et qui donnent l'eau d'érable. Si, quand on nous aimait pas assez, nos cheveux arrêtaient de pousser et nos cœurs de battre, je serais entièrement chauve, avec une poitrine sourde et muette. Si, quand on nous aimait pas assez, nos corps se desséchaient et s'envolaient comme des feuilles mortes, on retrouverait des morceaux de moi en Australie, en Chine et au pôle Nord. Est-ce que quelqu'un les ramasserait pour les recoller ensemble et fabriquer un nouveau Slimane ?

12

Des fois, Maxence et moi, on s'installe sur le tapis bleu de notre chambre. On ferme les yeux, on se tient très fort par la main et on imagine qu'on est sur un tapis volant qui nous emmène très loin d'ici. On survole des pays imaginaires. Maxence dit que la pensée, c'est plus fort que tout et qu'on peut être libre, même quand on est enfermé dans une prison.

— Tu crois vraiment que c'est possible ?

— Bien sûr ! C'est juste ton corps qui est en prison.

— Ben oui, mais quand même…

— Slimane, si tu te concentres vraiment, tu peux t'envoler n'importe où dans le monde.

— Comme sur le travelator ?

— Non, mieux que ça. Beaucoup plus loin.

Une fois, il a vu une émission sur des gens qui faisaient du yoga, et ça l'a fasciné de les voir assis comme ça pendant des heures, les yeux fermés. Depuis, il tient absolument à ce qu'on fasse pareil. On s'assoit d'une façon bizarre. « En lotus », ça s'appelle. Et on essaye de penser à rien. J'ai beaucoup de mal, parce que dès que je ferme les yeux, un flot de pensées me recouvre entièrement. J'ai beau faire des efforts, ça marche pas. Je revois le Démon et ses packs de bière, maman et sa teinture blonde ensanglantée, les sous-pulls de M. Plassé et tout le reste.

J'ouvre les yeux. Maxence est droit comme un I, entièrement absorbé. Je le trouve plus beau que le soleil les jours d'été et je reste là à le regarder, en me demandant quels pays il est en train de survoler, et surtout comment je pourrais faire pour venir avec lui.

— Il faut que tu te concentres, Slimane.

— Mais j'essaye, je te jure ! Seulement, les pensées viennent quand même.

— Il faut que tu les empêches de venir.

— Mais comment ?

— En te concentrant encore plus fort. Dès qu'une pensée vient, tu la torpilles.

— Comme dans un jeu vidéo ?

— Exactement.

Je m'assois en tailleur et je fais tout ce qu'il me dit. Les premiers essais sont lamentables. Je me concentre tellement que mon visage est tout chiffonné, mais ça sert à rien. On dirait que les pensées prennent un malin plaisir à éclore partout. Je n'y arrive pas, j'ai envie de renoncer, mais Maxence me prend la main et la serre très fort pour m'encourager. Soudain, c'est le calme plat. On dirait que mon cerveau est brutalement devenu sourd. Je suis entièrement silencieux à l'intérieur, je ressens des tas de sensations nouvelles. Une légèreté inouïe, comme si j'étais devenu du coton. J'ai l'impression de voler. Je vole avec Maxence. On est tous les deux dans l'espace et on voit la Terre de très loin.

Une porte claque. Bon sang, le Démon arrive ! L'atterrissage est brutal. On se lève en hâte, trop vite.

Nos têtes tournent comme des boules de pétanque. Finis le tapis volant, les planètes lointaines et l'évasion. Bienvenue en enfer…

La porte s'ouvre et sa méchante figure apparaît. Il dit rien, il reste là à nous regarder en silence. Dans ces moments-là, on ne sait pas quoi faire. On a envie de lui dire bonjour, mais ça risque de l'énerver. En même temps, si on reste silencieux, ça risque aussi de l'énerver. Alors on reste plantés là, avec une barre dans le ventre, en priant pour qu'il nous fasse pas de mal. Avec le yoga, j'ai l'impression pour la première fois de le voir de très loin, comme s'il n'était qu'un tout petit point inexistant dans l'univers. Comme si c'était personne. Mais personne de dangereux, quand même. Les parents de Nouredine, ils ont un pitbull et on va jamais chez eux quand il est là, parce que Maxence dit qu'on peut pas prévoir ses réactions. Le Démon est comme un pitbull. Imprévisible et dangereux.

J'ai tellement mal au ventre que je suis presque plié en deux. Le Démon inspecte la chambre pour trouver quelque chose à redire, mais on l'a rangée hier. Il nous regarde fixement, il hausse les épaules, et il sort en claquant la porte. On reste quand même immobiles, à cause de la peur. Ça met du temps à se dissiper. D'autant plus qu'il est encore là, dans l'appartement, prêt à bondir.

La vie est trop « filandreuse », comme dit Maxence. La journée est fichue, et des tas de pensées noires sont en train de la recouvrir. Je voudrais composer des bouquets de mots pour lui redonner le sourire, effacer ses souvenirs étouffants. On se serre très fort la main. Dans ce contact, il y a tout ce qu'on sait et qu'on n'a pas besoin de se dire. Il y a nos nuits blanches comme des fantômes, nos cœurs qui n'arrivent plus à battre normalement, la peur collante qui recouvre entièrement nos rires d'enfants. Dans ce contact, il y a une vie beaucoup trop lourde pour nous. Une vie avec des rêves tellement écorchés que dessus, on est obligés de mettre des tonnes de mercurochrome.

13

Zut, c'est déjà l'heure de se réveiller et de partir au collège ! J'aimerais que la nuit dure toujours… Rester au fond de mon lit pour toute la vie. La chambre est froide, même s'il y a le chauffage collectif. Maxence dit qu'ils le mettent bas exprès pour économiser. J'ai dormi en jogging et en chaussettes, tellement j'avais froid. Un vent glacé s'engouffre par la fenêtre, mais ça, on ne peut rien y faire, à part peut-être réchauffer le vent dans une casserole. Maxence est déjà réveillé depuis longtemps, mais il reste dans son lit et il réfléchit. Il aime pas trop parler le matin. Moi, au contraire, dès que j'ouvre un œil, je parle. Souvent, je dis n'importe quoi, juste pour parler. C'est à cause de toute l'angoisse qui me tombe dessus quand je me réveille. Ça fait comme un poids très lourd qui m'écrase, et des fois, je me dis que je pourrai jamais réussir à le soulever. Alors je parle pour que Maxence sache que je suis coincé en dessous. C'est pour ça qu'il dit trop rien, même si je sais qu'il m'écoute pas vraiment. Il comprend que j'ai besoin de ça. Mais ce matin, je fais un gros effort, je ne dis rien. Ou plutôt, je parle, mais en silence. Je vais à la salle de bains, en me faufilant dans l'appartement, histoire de prendre la température. Et là, j'ai un choc. Le Démon est en train de prendre son petit déjeuner dans la cuisine, avec son costume des jours importants.

— Eh ! Dis pas bonjour, surtout !

— Hein ?… heu… Bonjour !

— Quoi, qu'est-ce qu'il y a ? T'as vu un fantôme ?

Je secoue la tête et je file dans la chambre. Maxence est encore en train de réfléchir, mais bon, tant pis, je suis obligé de lui parler.

— Max, le Démon est en costume dans la cuisine !

— Quoi ?

— Il est en train de prendre son petit déjeuner en costard.

Il sort de son lit en quatrième vitesse, histoire de voir ça de plus près, et il se dirige le plus naturellement possible vers la cuisine, en restant sur le seuil. On sait jamais, le costard du Démon ne fait quand même pas le moine. Je le vois s'arrêter devant la porte de la cuisine, bouche bée.

— Eh ! Dis pas bonjour, toi non plus ! Putain, vous avez été élevés où ! Allez, fous-moi le camp !

Maxence détale sans demander son reste, mais je vois bien qu'il est scié, lui aussi. On chuchote le plus doucement possible dans le couloir.

— Max, qu'est-ce qu'il va faire, tu crois ?

— J'en sais rien. Un casse à la banque, peut-être.

— Hein ? T'es pas bien ?

Le Démon sort de la cuisine et on sursaute.

— Bon, j'y vais. Et magnez-vous d'aller à l'école !

On le suit du regard pendant qu'il referme la porte.

— Il va où ?

— Pointer au chômage, à mon avis.

— En costume ?

— Pourquoi pas ?

— Ouais, t'as raison. C'est sûrement ça.

Peut-être que le Démon s'est mis chic pour les gens du chômage. Pour qu'ils soient fiers de lui et qu'ils continuent à le payer pour son travail de chômeur.

Toute la journée, à l'école, je pense au Démon. Qu'est-ce qu'il pouvait bien faire en costume, dès le matin, comme les vrais gens ? Peut-être qu'il allait à l'enterrement d'un de ses amis. Sauf qu'il a pas d'amis, à part les poivrots du bar de la place du marché. Oui, mais si l'alcool est dangereux pour la santé, il y en a peut-être un qui est mort ! À moins qu'il ait décidé de partir très loin pour refaire sa vie. C'est possible, ça, non ? Non, c'est pas possible. Il aurait emmené ses affaires. Mais alors qu'est-ce qu'il mijote ?

— Slimane, vous êtes encore dans la lune !

— Hein ?

— On dit pas « hein », on dit « comment » !

— Hein… Comment ?

Bien sûr que je suis dans la lune. Sur terre, c'est beaucoup trop dur. La lune, je la regarde tous les soirs, et quand elle se cache derrière les nuages, je l'appelle pour qu'elle se montre.

— Slimane, où en sommes-nous de l'étude de *L'École des femmes* ?

— …

Bocris me souffle la réponse, et je lis en m'appliquant du mieux que je peux, même si je sais bien que je lis comme un pied. Maxence, lui, il sait vraiment lire. Il s'arrête pas tous les deux mots comme moi. Non, lui, quand il lit, on a vraiment l'impression d'y être. Je me racle bien la gorge, et je lis lentement un petit bout de *L'École des femmes*.

... La femme est en effet le potage de l'homme ;
Et quand un homme voit d'autres hommes parfois,
Qui veulent dans sa soupe aller tremper leurs doigts,
Il en montre aussitôt une colère extrême...

Les histoires de soupe et de colère extrême, ça me fait tout de suite penser au Démon. Au début de l'année, Mme Mertens, notre prof de français, qui est aussi notre prof principale, nous a fait remplir une fiche. À profession de la mère, j'ai mis « technicienne de surface », à profession du père, au début, j'avais écrit « looser ». Mais je me suis ravisé et j'ai mis « technicien de vie ». Un technicien de surface, c'est quelqu'un qui fait le ménage. Un technicien de vie, c'est un type qui nettoie la vie et qui ne laisse que de la désolation partout où il passe. Je trouve que ça lui va bien, au Démon, d'être technicien de vie. Lui, dès qu'il y a une bougie allumée quelque part, il souffle dessus. Il supporte pas que les autres soient bien. Maxence, il dit que c'est parce que ça le renvoie à sa « nullité pathologique ». Que quand les autres rigolent, lui, il se sent agressé tellement il sait qu'il est naze. Et que si il était président du monde, on vivrait tous dans un camp retranché sans avoir aucun droit.

Quand on rentre de l'école, maman est déjà là, et il y a des jolies fleurs dans un vase tout neuf.

— C'est louche, me chuchote Maxence.

Dans le salon, le Démon trône dans son beau costume, une bière à la main.

— Les enfants, votre père a trouvé du travail !

Maman a les joues toutes roses, mais je ne sais pas bien si c'est à cause du bonheur ou de l'alcool.

— Vous entendez ? Du travail !

On n'en croit pas nos oreilles. Maman est surexcitée.

— Votre père est agent de sécurité dans une grande surface !

On sait pas quoi dire et ça énerve le Démon.

— Eh, cachez votre joie, petits cons !

— C'est super, chuchote Maxence en regardant maman.

Je regarde le Démon, avec mon cœur dans le vide.

— Oui… c'est super…

— Bon, ben restez pas plantés là ! Allez faire vos devoirs ! J'ai été beaucoup trop laxiste avec vous. À partir de maintenant, ça va changer. Au boulot !

On n'arrive pas à croire que quelqu'un l'ait engagé de son plein gré. Ça nous sidère.

— Peut-être qu'il boira moins, maintenant. Et qu'il tapera plus maman.

— Rêve pas trop, Slimane. Il est mauvais, c'est comme ça.

— Mais peut-être que c'était à cause du chômage !

— Oui, peut-être. Mais peut-être pas.

Je me prends à rêver d'un père tout neuf. Un père en costume, qui part travailler le matin et qui nous parle gentiment. Un père à qui on aurait changé les piles, un père qui durerait plus longtemps que le Démon. Un vrai père, quoi.

— Le Démon, agent de sécurité, on aura vraiment tout vu !

— Max, tu te rends compte que quelqu'un a engagé le Démon et qu'il lui donne même des sous pour être en sécurité ? C'est dingue, non ?

Je fais mes devoirs la tête ailleurs, jusqu'à ce que maman nous appelle pour le dîner. Elle a préparé un gratin dauphinois pour l'occasion. C'est le seul plat qu'elle sache faire. Je l'ai pas vue heureuse comme ça depuis des mois, et ça me donne envie de pleurer. Le Démon boit trois verres de vin, et après, il se lève et il va ranger la bouteille dans le placard. Puis il se rassoit et il parle en regardant droit devant lui.

— Ils vont voir ce qu'ils vont voir, tous ces tocards. Ils pensaient que j'étais fini, mais tiens ! Le revoilà sur le marché, le Jean-Claude ! Et ça va faire du dégât, je vous le dis !

Maman ne le quitte pas des yeux, comme si il était en train de raconter un truc passionnant qui allait changer intégralement sa vie.

— Je vais les massacrer, tous ces cons !

— Mais oui, tu vas les massacrer.

— Je te dis pas le chantier, là-bas. Je vais remettre un peu d'ordre dans leur merdier, moi !

Et ça continue comme ça pendant des heures. Maman glousse à chaque fois qu'il dit quelque chose. Nous, on en a vite marre, mais on n'a pas le droit de quitter la table parce que c'est malpoli. Maxence, à la fin, il est violet. J'ai envie de lui faire signe de faire son truc de yoga, mais il regarde ailleurs. On dirait qu'il est déjà parti loin, très loin d'ici. Des fois, il me fait penser à un oiseau, mais j'ose pas tendre la main vers lui. J'ai trop peur qu'il s'envole et qu'il revienne plus jamais.

14

Maintenant que le Démon a du travail, la vie redevient presque normale. Il a l'air gonflé à bloc. Tous les matins, il trône dans la cuisine, dans son beau costume, et il fait plusieurs fois le tour de l'appartement comme pour se montrer. Il essaye même de s'intéresser à nous.

— Alors l'école ? Et les copains ? Et avec les filles, ça roule ? En Fiat pourrie, ou en Jaguar ?

Ça continue comme ça jusqu'à ce qu'on lui ait donné suffisamment de réponses pour le satisfaire. Alors il va dans le salon et on sent qu'on n'a pas intérêt à le déranger. De toute façon, on a du mal à enlever nos vieux réflexes. On attend qu'il sorte d'une pièce pour y entrer, on ne parle jamais en sa présence sauf si il nous questionne avec insistance, et on court se planquer dans nos chambres dès qu'on entend la clé tourner dans la serrure. Maman aussi, au début, elle a du mal à réaliser l'incroyable changement qui est en train de se produire, et elle sursaute encore quand le Démon parle trop fort. Elle s'habille plus souvent en jupe maintenant. Et elle se maquille, aussi. Je la trouve belle, avec ses cheveux blonds et ses chaussures à talons. Souvent, le Démon la regarde comme si elle était un gros gâteau à la crème dans la vitrine d'une pâtisserie. Des fois, même, il se lève et il lui met la main aux fesses. Max et moi, on déteste quand il fait ça.

J'ai rangé mes ailes d'ange dans le placard, et je me prends à rêver qu'elles ne me serviront plus jamais.

Je suis réveillé en pleine nuit par des gémissements. Je tends l'oreille, pétrifié. Ça recommence ! Mon cœur sort de ma poitrine, et se fracasse sur le sol. Je réveille Maxence. Il s'assoit sur le lit en se frottant les yeux. On se lève doucement, nos pieds glissent sur le sol. Maman soupire, pousse des cris. On s'approche. Ils bougent sur le lit. On reste là, stupéfaits, à les regarder faire l'amour dans l'obscurité. Puis, on retourne dans notre chambre, trop sidérés pour échanger un seul mot.

15

Évidemment, le Démon n'est pas devenu Gandhi en une semaine. Le samedi, il travaille pas, et il insiste pour qu'on aille jouer au foot.

— C'est ce que font les pères avec leurs fils, non ?

Peut-être, mais Maxence et moi, on déteste le foot. On fait semblant d'être ravis, et nous voilà dans le terrain vague, en face de la maison. Le Démon est gonflé à bloc. Il tape dans le ballon, en se la donnant comme si c'était la finale de la Coupe du monde. Maxence et moi, on court derrière la balle, en priant pour que ça s'arrête le plus vite possible.

— Oh, Slimane ! T'es le fils à ton père ou t'es une mauviette ?

— Heu… Je suis une mauviette.

Maxence est fatigué, et ça énerve le Démon.

— Oh, Maxence ! Tu te bouges ou tu veux mon pied au cul ?

Maxence n'aime pas du tout qu'on lui parle comme ça, alors il s'arrête en plein milieu du terrain et il fixe le Démon. Ils s'affrontent du regard. Ça me terrorise. J'ai envie de courir vers Maxence, mais j'arrive pas à faire un seul geste. Le Démon s'avance vers lui, et lui donne une énorme gifle qui le fait tomber par terre. Puis, il s'éloigne en shootant très fort dans le ballon. Il y a de la boue partout sur le jogging de Maxence, et du sang coule de son nez. Je m'approche pour l'aider, mais il se relève tout seul, et sans m'adresser un regard, il se met à courir. Je le regarde s'éloigner plus vite que le vent, en semant derrière lui la haine dévorante qui le consume tout entier. Je tremble de froid, mais je l'attends quand même. Je l'attendrais des heures, même si je devais me transformer en iceberg. Je l'attendrais toute ma vie. Longtemps après, je le vois revenir vers moi. Il est tout rouge, et son regard est brûlant. On se regarde longtemps, avec nos yeux qui ont vu les mêmes choses, et on rentre lentement retrouver notre vie venimeuse.

À la maison, tout a l'air normal. Le Démon est en train de regarder la télé et maman fait du repassage. Elle jette un regard effrayé à Maxence, parce que du sang coule encore de son nez et se répand sur son sweat-shirt. Il y a un moment de flottement. Mais elle refuse de croire que le Démon est revenu à la case départ, vu qu'il n'a pas levé la main sur elle depuis qu'il a du travail. Je vois bien qu'elle veut se convaincre qu'on a fait quelque chose de mal. Maxence n'a pas le cœur à lui sourire. Il file dans la salle de bains. Je le suis en courant et je referme la porte derrière nous. Sous la lumière des néons, il est encore plus blanc que la baignoire.

— Assieds-toi, je vais te soigner.

— …

— Hé, Max, tu m'entends ?

On dirait qu'il va tourner de l'œil pour de bon, cette fois-ci. Il a les mains glacées, il est sous le choc. Je fais couler de l'eau chaude dans la baignoire et je l'aide à se déshabiller. Puis, lentement, je l'aide à enjamber le rebord de la baignoire. Son corps est lourd, comme s'il n'y avait plus personne aux commandes. Une fois dans l'eau, il ferme les yeux. Je nettoie les taches de sang qui maculent son visage et son cou. Il ne fait pas le moindre geste, il est ailleurs. Parfois, il serre juste ma main, et on reste comme ça, perdus dans nos pensées, jusqu'à ce que maman nous appelle pour le dîner. Là, pendant une seconde, on est trop accablés pour bouger, parce qu'on n'arrive pas à se résoudre à manger devant le Démon, comme si de rien n'était. Mais quand on l'entend crier, Maxence sort de la baignoire et s'habille en quatrième vitesse. On échange un dernier regard en soupirant, et on se traîne dans le salon. Le Démon a l'air déchaîné. Il n'arrête pas de parler pendant que maman le regarde comme si c'était Dieu le Père. Finalement, on aimait mieux quand il avait pas de boulot, parce qu'il s'occupait de rien et, du coup, on le voyait moins. Là, il joue au père de famille modèle, mais franchement, il y a une grosse erreur de casting. Je fais semblant d'avoir l'air concerné par ce qu'il raconte. Maxence est complètement apathique, mais heureusement, le Démon n'a pas l'air de le remarquer. Il parle très fort, rit très fort, tape sur la table pour ponctuer ses phrases, et il nous voit même pas. Dès qu'on peut, on file dans notre chambre et on ferme la porte pour avoir un peu la paix. Je ressors mes ailes d'ange du placard et je les tends à Maxence pour qu'il les mette, mais il se met au lit sans dire un mot. Alors je déplie le journal que j'ai piqué au Démon.

— Famine au Niger : plus de 150 000 personnes menacées de mort… 45 morts dans un attentat en Irak… Crash aérien : 330 morts… Tu vois, on n'est pas si malheureux que ça, Max !

Je pose mes yeux sur lui, mais il ne me voit pas. Il a déjà sombré dans le sommeil, pour oublier toutes ses écorchures. Je reste assis sur mon lit, en écoutant les bruits du soir fleurir dans la maison. Maman fait la vaisselle, le Démon regarde une émission débile à la télé. Les voisins de droite crient, ceux d'en haut rient. On entend tout ici. On peut reconstituer toute la vie des gens. Il n'y a aucune intimité. Je suis sûr que tout le monde sait que le Démon tape sur nous et sur maman. Mais personne ne fait rien. Les gens, ils ont déjà une vie avec des tas de problèmes dedans, alors ils ont pas envie de jouer les justiciers dans la ville. C'est seulement quand il y a un vrai drame que tout le monde regrette et culpabilise. Je me glisse vers la fenêtre et j'entrouvre les rideaux pour regarder la lune. Elle est si petite, ce soir, qu'on dirait qu'elle va s'éteindre. Est-ce qu'il y a d'autres gens comme nous, ailleurs, très loin d'ici ? Est-ce qu'il y a beaucoup de petits garçons dans un appartement avec une maman paumée et un Démon méchant ? Combien de gens savent que j'existe et m'aiment vraiment ? Il y a Maxence, c'est tout. Et maman, peut-être. Mais elle nous aime bizarrement. Elle nous aime pas assez pour nous emmener dans une autre vie. Elle reste scotchée au Démon, elle est incapable de s'en détacher. Il claque dans ses doigts, et elle fait tout ce qu'il veut, même fermer les yeux sur le sang qui coule du nez de Maxence. Dans ma classe, il y a des enfants qui ont des vrais parents. Des parents qui viennent les chercher au collège en souriant. Bon, d'accord, c'est pas la majorité, mais ça existe quand même. La plupart, ils ont des parents qui travaillent tard, mais c'est pas pour ça que chez eux, c'est un film d'horreur. Non, eux, même si leurs parents triment et qu'ils ont pas beaucoup de sous, il y a de l'amour. Même chez Nouredine, qui a des parents cabossés et un pitbull qui fout la trouille, il y a des éclats de rire qui fleurissent sur les murs. Alors que chez nous, il y a rien que du chagrin qui se déverse lentement comme de la glu.

La lune est dissimulée derrière un nuage. On dirait qu'elle se cache. Peut-être qu'un nuage la bat et qu'elle fait comme maman les soirs de tempête : elle attend que l'orage passe. Peut-être qu'il y a tout un monde, ailleurs, dont on n'a aucune idée. Peut-être qu'on a été mis là par quelqu'un. Les parents de Nouredine, ils sont très religieux et ils disent toujours un tas de choses sur ce qu'on doit faire pour bien se comporter. Mais si Dieu a vraiment créé le monde, pourquoi il nous a mis dans cette famille, Maxence et moi ? Peut-être qu'il y avait plus de pères normaux et qu'il a dû faire avec les moyens du bord ? Oui, c'est sûrement ça, il y avait plus de pères gentils, alors il a improvisé. Mais on aurait très bien pu se passer de père. Il y a des tas d'enfants qui grandissent sans père. Rien que dans ma classe, il y a Ibrahim, Julie, Bocris et plein d'autres encore. Maxence, il est très sérieux et il aurait pu faire le père. Alors pourquoi ? Pourquoi nous avoir donné le Démon ? Des fois, il y a tellement de questions dans ma tête que j'ai l'impression que mon cerveau va exploser. Peut-être que je suis trop petit pour comprendre. Peut-être que le cerveau, c'est comme les ordinateurs. Si on n'a pas le bon logiciel, on peut pas comprendre. Maxence, il dit que le disque dur du Démon est gravement endommagé et qu'il n'y a aucun moyen de le réparer, qu'il faut changer toute la bécane. Nous, on retournerait bien voir le constructeur du Démon, histoire de l'échanger pour « vice de forme ». Mais ça fait longtemps que le Démon n'est plus sous garantie. J'ai entendu dire que Dieu rappelait à lui des gens, parfois. Peut-être qu'il va rappeler le Démon ? Non, ça, ça m'étonnerait. Il est trop content de s'en être débarrassé, il n'a aucune raison de le reprendre. À mon avis, il fallait qu'il case le Démon. Il a joué à pile ou face, et c'est tombé sur nous. Oui, c'est sûrement ça. Des fois, on croit qu'il y a des raisons inconnues et compliquées aux choses, alors que la plupart du temps, nos destinées, elles se jouent à pile ou face, peut-être même dans un tripot pourri, comme celui où le Démon passait toutes ses journées avant de trouver du travail. Des fois, c'est juste une question de chance. Et nous, on n'a pas eu de bol.

Je me glisse dans mon lit. J'ai laissé les rideaux entrouverts, au cas où la lune sortirait de sa cachette. J'aime bien le soir, quand la vie ralentit et qu'il y a de moins en moins de bruit. Parfois, j'imagine que je vis ailleurs, très loin d'ici. Je me dis que demain, Maxence et moi, on va se réveiller dans une nouvelle famille, avec un papa gentil et une maman radieuse qui passera pas ses journées à faire le ménage dans un hôtel d'autoroute. Des fois, je me dis que quand je me lèverai, la vie sera recouverte d'un milliard de plumes qui chatouilleront mon cœur, et que ça me fera rigoler. Mais c'est sûr, demain, quand j'irai dans la cuisine, je verrai rien d'autre que le Démon en train de frimer dans son beau costume.

16

Le Démon a des fantasmes de vraie famille, maintenant. Il a envie de vivre dans un genre de carte postale. Il est fier, parce qu'il a un salaire qui arrondit le beurre dans les épinards. Il veut qu'on aille tous ensemble faire les courses à Bel-Est. Maman, Maxence et moi, on le regarde d'un air bizarre.

— Ben quoi ? Ils font ça, les autres, non ? Ils font leurs courses en famille !

Je lui réponds en regardant ailleurs.

— Ben non, pas tous.

— Eh ben, on s'en fout des autres. Allez, on y va !

Personne ne bouge.

— Quoi ? Qu'est-ce qu'il y a ? Je suis quand même votre père, merde !

On s'entasse tous dans la voiture rouge qui a l'air d'avoir cent ans, en route pour Bel-Est. Maxence ne dit pas un mot. Je suis sûr qu'il est dans un autre pays, en train de rêver à des jolies choses. J'aimerais bien qu'il m'emmène avec lui. Mais aujourd'hui, j'arrive pas à décoller. Imagination zéro. Je suis dans une voiture pourrie avec le Démon, et malgré tous mes efforts, j'arrive pas à peindre la vie en rose. Je colle mon front à la vitre, et je la vois défiler en noir et blanc. Le ciel est si bas que j'ai l'impression que je pourrais presque le toucher si je tendais le bras. Je m'accrocherais à un nuage, et j'attendrais que le vent nous emporte avec lui.

Dans la galerie marchande, le Démon a l'air de découvrir la vie. Il regarde partout en souriant et il va directement au McDonald's pour nous offrir un vrai repas, avec hamburgers, frites et Coca. Maxence préfère prendre une salade, parce qu'il dit que McDo, c'est « obèseland ». Mais le Démon, lui, il s'en fiche pas mal de finir obèse. Il commande un double cheeseburger avec des grandes frites et un méga Coca. On s'assoit tous à une table, comme une vraie famille normale. Je mange très lentement, pour me souvenir toute ma vie de cet instant. Maxence, maman, le Démon et moi, tous ensemble au McDo. Quand on a fini, on passe devant le travelator. Max et moi, on a des tas de souvenirs de tous nos voyages. On se regarde en souriant, pris d'une folle envie de s'envoler encore et encore. Mais le Démon avance à grands pas, pendant que maman pousse le caddie, et on court pour les rattraper. Il slalome entre les rayons en s'émerveillant de tout et en remplissant le caddie comme si il avait gagné au Loto. Maman essaye de le calmer comme elle peut. Nous, on est vraiment très étonnés. Il nous demande même ce qu'on veut comme dessert et il prend tout ce qu'on lui demande. J'ai l'impression que je vais voir le père Noël surgir, avec sa barbe immense et des cadeaux plein les bras, ou que Mary Poppins va s'approcher de moi, claquer dans ses doigts et que des trucs dingues vont m'arriver. Le Démon n'achète que des marques, des comme on voit à la télé, et maman s'inquiète un peu.

— Jean-Claude, ça va coûter trop cher !

— On s'en fout ! La vie, faut la griller comme un steak et la bouffer bien saignante.

Il éclate de rire, manifestement très content de sa blague. Nous, ça nous fait pas rire, parce que ça nous rappelle trop de mauvais souvenirs. Moi, je mangerai jamais la viande saignante.

— Quoi ? Qu'est-ce que vous avez tous à me regarder comme ça ? J'achète ce que je veux, merde ! C'est mon fric ! Putain, vous faites chier !

Maman a peur que la situation dérape. Elle se reprend et elle met dans le caddie deux paquets de céréales. Des qui coûtent cher. Le Démon, ça lui plaît bien que les choses aillent dans son sens, et il lui met la main aux fesses. Elle rougit et essaye de s'écarter de lui en regardant autour d'elle pour être sûre que personne n'a rien vu. Ça le fait marrer, et il lui remet la main aux fesses en éclatant de rire. Quand il la regarde comme ça, on dirait qu'il va la becter sans même prendre le temps de l'assaisonner. On dirait qu'il va la croquer comme une pomme, en ingurgitant tout, même les pépins. Maxence a du mal à supporter la façon dont il se comporte, même quand il est le plus normal qu'il peut, comme en ce moment. Maxence dit qu'il lui manque une case. Qu'il y a un trou dans son cerveau et que du coup, ça fait des courants d'air. Dans la vie, le Démon est seul comme un rat. Il voit plus ses parents, sa sœur est morte quand on était petits, et il a même pas d'amis, juste les poivrots du coin avec lesquels il refait le monde, en encore pire. Maxence dit que vu qu'il n'a que nous, il devrait nous traiter beaucoup mieux que ça. Qu'on est les seules personnes au monde à pouvoir l'aimer, et qu'il devrait pas passer sa vie à tout gâcher. Il dit aussi que les gens, ils font toujours toutes sortes d'erreurs, et qu'après, leur sport favori, c'est de se plaindre.

Quand on arrive au rayon alcools, maman devient nerveuse. Le Démon, lui, il a les yeux qui brillent. Il regarde tous les alcools, il réfléchit, il prend une bouteille, hésite, la repose, en prend une autre. Maman lui dit tout doucement qu'il est temps qu'on aille payer, mais il lui fait signe de se taire, et elle devient muette comme un milliard de carpes. Finalement, il met sept bouteilles de vin dans le caddie. Des vraies bouteilles, pas des en carton, et il se dirige tranquillement vers les caisses. Je crois que je ne l'ai jamais vu aussi heureux. Il aide même maman à mettre tous les articles sur le tapis roulant. Quand la caissière annonce cent vingt euros, il bronche pas. Il sort ses sous de sa poche et il lui tend un billet de cent et un billet de vingt. Nous, on reste immobiles, parce qu'on n'a jamais acheté pour autant de sous d'un seul coup. Après, on remet tout dans le caddie, direction la voiture. Je me dis que ça doit être comme ça, d'être riche. Acheter tout ce qu'on veut à Bel-Est, et sortir des billets sans même réfléchir. Ne pas tout le temps faire des comptes et se priver de tout. Je range le caddie et je récupère le sou. Je le tends au Démon. Il passe sa main dans mes cheveux.

— Garde-le, mon fils ! Ça te fera des économies.

J'en reviens pas. C'est la première fois qu'il est affectueux avec moi. Je savais même pas que sa main pouvait faire autre chose que du mal. Même Maxence a l'air scié. Bon sang, le Démon est touché par la grâce, je vois pas d'autre explication possible ! Maman nous fait son sourire cosmique, celui qu'elle n'utilise que dans les très grandes occasions. Elle nous couve du regard. Je me sens enveloppé d'un amour gigantesque, encore plus grand que dans les feuilletons à la télé. Je voudrais que la vie, ce soit tout le temps comme ça : un papa qui parle gentiment et une maman qui sourit. Je m'assois dans la voiture rouge. Elle ressemble soudain à un carrosse, avec toutes les provisions dedans. Je me dis qu'on a de quoi manger pour dix ans au moins, et j'ai brusquement moins peur. Sur le chemin du retour, je me sens léger comme une bulle de savon, et je m'émerveille de tout. Maman et le Démon se sourient à tous les feux rouges. Même Maxence a l'air heureux.

On rentre à la maison en portant chacun un sac, comme dans les vraies familles. J'aide maman à tout ranger. Le frigo est tellement plein qu'on dirait qu'il va exploser. Je le regarde sans bouger jusqu'à ce qu'elle me tire par le bras pour que je me pousse. Tout est calme. Pas un cri, pas une porte qui claque, pas un gémissement. Je tends l'oreille pour écouter le silence.

Maxence m'entraîne dans la chambre. On s'assoit par terre, et on regarde le ciel.

— Combien de rêves, Slimane ?

— Deux cent quarante milliards.

— Combien de cauchemars ?

— Zéro.

— Combien d'étoiles dans ton ciel ?

— Deux cent mille milliards.

— Combien d'orages ?

— Aucun.

— Comment est ton ciel ?

— Bleu, avec des soleils en sucre d'orge.

— Qui est ton frère préféré ?

— Maxence le Magicien.

— À quoi va ressembler ta vie ?

— À un grand éclat de rire avec de la mousse au chocolat dessus.

17

Pendant les vacances de la Toussaint, Maxence et moi, on a l'appartement pour nous tout seuls. Alors on traîne au lit jusqu'à pas d'heure. Quand je me réveille avant lui, je lui prépare son petit déjeuner et je lui porte dans la chambre pour qu'il le mange au lit. D'autres fois, c'est Max qui prépare tout. On pose nos bols de céréales chic, celles achetées par le Démon, sur notre tapis. On mange à plat ventre, ou couchés sur le dos, la tête posée sur nos oreillers, en parlant de tout et de rien. Maxence rendrait intéressante n'importe quelle conversation. Tout ce qu'il dit, c'est intelligent. Des fois, il y a trop de pensées dans ma tête, alors je vais le voir et je lui raconte tout ce qui bouillonne en moi. Il réfléchit et il me dit pas grand-chose, juste deux ou trois mots, mais ça remet mon cerveau dans l'ordre.

Quand il fait vraiment froid, on se colle à la vitre de notre chambre, et on envoie de la buée dessus, pour dessiner tout ce qui nous passe par la tête. Des anges, des oiseaux, une lune, un crocodile, des nuages…

Dans notre classe, parfois il y en a qui partent au ski pendant les vacances. Moi, j'y suis jamais allé, mais j'aimerais bien. Avec Maxence, on va traîner chez

Picard avec nos anoraks, et on slalome entre les congélateurs. C'est notre piste noire à nous.

— L'imagination, c'est comme un avion dans ta tête, Slimane.

— Et tu crois qu'il peut y avoir un crash ?

— Seulement si on arrête d'imaginer des belles choses.

Je sais pas comment il fait pour transformer la vie, Maxence. Ses yeux, c'est des baguettes magiques qui rendent toujours tout plus beau.

18

Pas de doute, le Démon s'est vraiment calmé. Il n'a levé la main sur personne depuis qu'il a cogné Maxence pendant la partie de foot. On a moins peur, maintenant, quand on rentre de l'école. On n'a plus cette barre dans le ventre, qui nous paralysait presque. C'est comme si un corbeau s'était évadé de notre ventre. On est en train de devenir normaux. Bien sûr, on sursaute encore quand on entend un bruit de meuble ou un cri, mais notre vie n'est plus recouverte de plomb. Maman, on dirait qu'elle a des ailes, exactement comme un ange. Elle sourit quand elle part le matin, elle sourit quand elle rentre le soir. Il n'y a plus de sang sur ses cheveux blonds, plus de coquards sur ses yeux, plus d'éraflures sur son front, plus de coupures sur ses lèvres, plus de bleus sur son corps. Elle me fait penser à une fleur mystérieuse qui a besoin du Démon pour s'épanouir. Quand il la regarde et qu'il lui sourit, c'est comme s'il l'arrosait. Elle se redresse d'un coup et elle rayonne tellement qu'il faut presque mettrc des lunettes noires pour supporter les ondes qu'elle envoie partout. Elle met à nouveau des jolies robes, pas trop décolletées quand même, avec ses chaussures noires à talons. Souvent, le dimanche, maman et le Démon nous demandent de sortir parce qu'ils veulent rester seuls. Alors, on met nos anoraks trop petits pour nous, et on marche. On marche jusqu'à ce qu'on ne sente plus la brûlure du froid sur notre visage. Quand on est vraiment trop gelés, on ouvre tout doucement la porte de l'appartement, et on se faufile à l'intérieur, comme deux ombres. Dans leur chambre, maman et le Démon font l'amour. Ils font ça pendant des heures, et ils nous oublient complètement. Il émet des râles, et elle pousse des cris.

— Max, tu crois qu'elle a vraiment du plaisir ?

— On dirait…

Que le Démon puisse donner autant de plaisir à quelqu'un, ça me dépasse quand même encore un peu.

— Ça vient d'où, le plaisir ?

— C'est un truc pulsionnel, je crois.

— Pulsio quoi ?

— Les gens ont des envies, alors ils s'accouplent et ça leur fait de la chaleur dans le corps.

— Et c'est tout ?

— Je crois, oui.

— Et quand ils s'aiment ?

— Quand ils s'aiment, ils ont envie de se toucher, et ils font l'amour.

— Mais pourquoi ?

— Parce qu'ils ont envie de s'enflammer, de sentir la vie tout près d'eux.

— Tu crois que le Démon, il a envie de sentir la vie tout près de lui ?

— Faut croire que oui.

— Mais pourquoi ?

— Pourquoi tu poses toujours autant de questions, Slimane ?

— Pour comprendre. Des fois, je voudrais tout savoir.

— Mais parfois, comprendre, ça sert à rien.

— Pourquoi ?

— Parce que tu comprends des choses, mais tu ne peux pas les changer.

— Mais il y a quand même des choses qu'on peut changer, non ?

— Peut-être, oui. Quand on est grand. Mais nous, on subit.

— Pourtant, tu disais qu'on pouvait s'évader avec l'imagination !

— Oui, mais pendant qu'on s'évade, la vie, elle reste la même. On la rend juste plus supportable.

— C'est déjà bien, non ?

— Oui, c'est déjà bien…

Je réfléchis à tout ça pendant que Maxence lit. Ce que j'aime, c'est quand il me fait la lecture. Je ferme les yeux, et ses mots prennent des tas de formes différentes. Quand je lis tout seul, ça me fait pas la même chose. Les mots ont l'air beaucoup plus lourds, et je dois les pousser fort pour qu'ils roulent sur eux-mêmes.

— Max, ça vient d'où, l'amour ?

— Normalement, c'est fourni à la naissance.

— Tu veux dire, comme une graine qu'on a plantée ?

— En quelque sorte.

— Et l'amour, ça va où ?

— Ça allume des étoiles dans le ciel.

— Est-ce que si quelqu'un mangeait des étoiles, ça lui mettrait de l'amour dans le cœur ?

— Peut-être.

— Il faudrait qu'on en donne au Démon, alors.

— Lui, pour que ça marche, il faudrait dévaliser le ciel et lui donner à manger toutes les étoiles de la galaxie.

— L'ennui, c'est qu'il y en aurait plus pour les autres, après.

J'essaye de ne plus déranger Maxence avec mes questions, et je m'imagine avec une grande paille, en train de boire les étoiles. Après, je serais rempli d'amour, et je pourrais en donner à tout le monde. Même au Démon.

19

Les jours s'enchaînent : l'école, les rêveries en regardant par la fenêtre, les interrogations surprises, les devoirs, le Démon en costume dans la cuisine, les dîners tous ensemble, le silence dans l'appartement. La vie est beaucoup mieux qu'avant, et je prie pour qu'elle reste toujours comme ça. Calme et tranquille, comme des grains de sable qui glissent entre les doigts. Ce qui me fait le plus plaisir, c'est le sourire de maman quand elle rentre du travail le soir, et aussi Maxence. À certains moments, il a l'air vraiment heureux. Heureux comme il l'a jamais été. Bien sûr, par habitude, on ne traîne pas trop dans les parages du Démon, mais on est quand même en train de l'apprivoiser. Il nous fait de moins en moins peur. Sur son visage, je lis tout un tas d'expressions que j'avais jamais vues avant. On dirait que quelqu'un a semé sur lui des graines de sourire, d'étonnement, de joie et même de douceur, et qu'elles ont poussé d'un seul coup. Le soir, je tends l'oreille, pour capturer le silence, ce silence que j'ai jamais connu avant. Je m'endors, bercé par le ronronnement de la télévision, en traversant des jours intacts. Le travail a donné un nouveau cœur au Démon. Un cœur avec de la gentillesse dedans. Comme si on avait arraché toutes les mauvaises herbes qu'il y avait avant. Maxence, il dit qu'on est en train d'assister à un genre de miracle, et qu'il faut bien qu'on regarde tout ce qui se passe, parce que c'est vachement rare et qu'un jour il faudra qu'on témoigne que ça existe vraiment, les miracles.

Je regarde défiler les semaines, émerveillé. La vie est plus douce que tout ce que je pouvais imaginer avant, et maintenant, je fais des sourires pour rien. Des sourires à la lune, aux gens dans la rue, aux flaques d'eau, à la cour de récré. Des sourires plus grands que tous les jours d'avant. Des sourires pour dire merci. Avant, dans mon lit le soir, j'avais besoin que Maxence me tienne la main et la serre très fort dans le noir pour éviter que toute la méchanceté du monde m'absorbe d'un coup. Pour pas que je me noie dans les mots du Démon. Maintenant, je n'ai plus peur de dormir. Je m'allonge, et je respire, pour la première fois de ma vie. Quand je suis trop terrifié à l'idée que tout redevienne comme avant, je regarde passer chaque seconde pour que la vie n'aille pas trop vite. Je la retiens dans le creux de ma main et je la cajole. Je lui parle tout doucement pour qu'elle continue à être gentille et que son cours ne soit pas trop désordonné. Je me dis que pour qu'elle reste toujours comme ça, il faut que je fasse le moins de bruit possible. Alors j'avance en silence, pour que la méchanceté ne se réveille surtout pas.

Deuxième partie

1

Maxence et moi, on rentre de l'école en sautant au-dessus des flaques. Notre journée a été remplie de récitations, de soustractions, de récréations et de rêves. Maintenant, grâce à notre nouvelle vie, on fait des tas de projets pour l'avenir de notre futur. Ce soir, le Démon a promis à maman de l'emmener dîner. Ça fait une éternité qu'elle n'a pas mangé dans un restaurant, avec des vrais gens qui vous servent. Pour elle, c'est le pompon sur le gâteau. Elle finit tôt aujourd'hui, et elle doit déjà être en train de se préparer. Je suis content, parce que Maxence et moi, on va se faire un vrai dîner, rien que tous les deux. Je m'en fiche pas mal de ce qu'on va manger. Ce qui compte, c'est qu'on ait l'appartement rien que pour nous. Je marche et je me sens aussi léger qu'un oiseau. Même Maxence a l'air de danser sur le bitume. On a envie de rentrer à la maison pour voir maman sourire dans sa jolie robe, pour être seuls un soir entier et courir dans tout l'appartement, pour croire que tout est possible. Même l'ascenseur a été réparé !

On ouvre la porte, et on court en riant vers notre chambre mais là, impossible de faire le moindre geste :

le miroir de l'entrée est cassé, les meubles du salon sont renversés, des sanglots s'échappent de la chambre du Démon. Maxence et moi, on reste là sans bouger, à regarder nos nouveaux rêves d'enfants se fracasser lentement sur le sol. Maman pousse un hurlement. On sort de notre torpeur pour se précipiter vers elle. Dans la chambre, le lit est défait, les oreillers sont éventrés, les rideaux gisent sur la moquette. Mais le pire, c'est maman, allongée contre le mur, avec du sang partout sur sa belle robe. Maxence et moi, on s'avance vers elle en courant, mais le Démon nous empêche de passer.

— Foutez le camp d'ici, sales petits merdeux ! Foutez le camp !

Il est rouge cramoisi, on dirait qu'il va exploser. Maman gémit. Max et moi, on sait bien qu'on ne peut pas la laisser toute seule avec lui, alors on se jette sur elle pour la protéger. Une pluie de coups s'abat sur nous. Une pluie torrentielle, aussi violente que la mousson qui s'est abattue sur l'Inde l'année dernière, en emportant tout sur son passage.

Quand l'orage passe, il ne reste rien d'autre que trois silhouettes affalées par terre, avec le corps massacré et l'âme en miettes. Maman pleure, elle est en mille morceaux.

— Il a… perdu son travail.

Oh non ! Pas ça ! Je tombe dans un trou, je m'accroche à la main de Maxence pour ne pas sombrer. Des centaines de corbeaux mangent mon ventre. On avait une chance de s'en sortir. Pourquoi on nous l'a enlevée ? C'était trop beau, ça ne pouvait pas durer. Le cœur du Démon a tourné, comme la mayonnaise quand maman la rate. Qu'est-ce qu'on va devenir, maintenant ? Je me retourne pour regarder Max. Il est tout blanc, avec du sang qui coule de son nez. Je me traîne vers lui et je lui parle pour calmer l'inquiétude qui me dévore.

— Max… Max, ça va ?

Il répond pas, mais il me fait un petit sourire, pour me dire qu'il m'a entendu. Je me lève doucement. J'ai mal partout. Je me traîne jusqu'à la cuisine. J'ouvre le robinet pour me passer un peu d'eau sur le visage, et je reste là, à regarder le sang couler dans l'évier. Puis je prends un torchon imbibé d'eau, et je retourne dans la chambre pour le passer sur le visage de Maxence. Je nettoie son visage ensanglanté, sans pouvoir détacher mes yeux de son nez, qui est en train de devenir obèse. Je retourne dans la cuisine, je prends un autre torchon, et je recommence avec maman. Mais je me vois soudain de très loin, debout dans la chambre, avec maman et Maxence étendus à mes pieds, et je peux pas le supporter. Je me laisse glisser sur le sol, je prends ma tête dans mes mains. Mon cœur est une éponge gorgée de tristesse. Je pleure sans pouvoir m'arrêter. Trop de chagrin, je le sais, ça finit par dissoudre les rêves. Bientôt, j'en aurai plus aucun, ils seront complètement délavés.

Qu'est-ce que je vais devenir ?

Quand on retourne dans notre chambre, je ressors mes ailes d'ange du placard et je les enfile en quatrième vitesse. Un bras pour moi, un bras pour Maxence. On reste collés l'un contre l'autre, en claquant des dents. Deux anges échoués sur terre sont en danger. Deux anges abandonnés appellent à l'aide sans que personne ne leur réponde.

2

À la maison, maintenant, c'est pire qu'avant, parce que le Démon a son licenciement en travers de la gorge. Du coup, il se venge sur nous pour un oui ou pour un non. Et sur maman, surtout. Comme si il avait peur de ne plus être un vrai homme. Elle redevient une ombre qui se faufile entre les jours, en faisant le moins de bruit possible. Elle se déplace en silence, comme si elle n'existait plus. Parfois, je sursaute quand elle entre dans ma chambre, parce que je ne l'entends pas arriver. Ses pieds glissent sur le sol sans faire le moindre bruit. Le matin, je cache des petits mots sous son oreiller, mais ça ne fait plus d'effet. Le Démon reprend possession de l'appartement et de nos vies. Il critique tout, exactement comme avant, et il se fâche pour un rien. Quand il est là, on retient notre respiration. On a le cœur à vif. Qu'est-ce qu'il va faire ? Qu'est-ce qu'il va dire ? Comment il va réagir ? À quel moment il va s'énerver pour de bon et nous cogner contre sa folie ? Est-ce qu'il va aller au café ? À quelle heure il va rentrer ? Il sera de quelle humeur ? Est-ce qu'il va manger avec nous ? Est-ce qu'il va encore tout casser ? Est-ce qu'on doit répondre quand il nous parle ? Et qu'est-ce qu'on doit dire ?

Certains soirs, la maison est calme, tranquille. Il regarde la télé, et toute sa haine a l'air endormie. Alors on fait encore moins de bruit que d'habitude, pour ne pas la réveiller. On la laisse dormir le plus longtemps possible, mais des fois, un truc l'énerve d'un coup. Un truc qu'il voit à la télé, par exemple, ou une pensée qui s'infiltre dans sa tête. Et il se met à beugler, comme si le monde entier était sourd des oreilles.

3

Maman travaille tard ce soir. On est seuls avec le Démon. Soudain, quelque chose l'énerve, et il hurle. On sursaute, sans savoir quoi faire. Il nous appelle, on est bien obligés d'aller dans le salon. Il a son méchant rictus qui lui déforme la tête et qui veut dire que ça va chauffer dans le genre canicule. Maxence et moi, on reste immobiles, sans oser le regarder.

— Fous-moi le camp, Max. C'est ton frère qui va s'occuper de moi, ce soir. J'ai pas envie de voir ta gueule de con.

Maxence renonce à le défier du regard, parce qu'il sent comme moi que c'est la violence des grands soirs qui nous attend. Il me regarde fixement, avec tout le courage qu'il peut encore rassembler, et avec de l'amour, un amour gigantesque, plus grand que tous nos malheurs. Il s'en va lentement, mais moi, je sais bien qu'il est tout près. Je sais qu'il va rester dans le couloir, à guetter les réactions du Démon, et qu'il interviendra si ça devient trop moche.

— Apporte-moi à bouffer.

Je voudrais lui demander ce qu'il veut manger, mais les mots restent coincés dans ma gorge.

— Oh ! T'es sourd ou quoi ?

Je fais un gros effort pour ramasser quelques mots encore intacts, tout au fond de moi.

— Tu... Tu veux quoi ?

— Une autre bière, pour commencer. Et tu me réchauffes un plat au micro-ondes. Allez, magne !

Je file dans la cuisine avec mon corps qui pèse des tonnes, et j'ouvre le congélateur. Il y a plein de plats surgelés, je sais pas lequel choisir. Max se faufile derrière moi et me tend un plat de spaghettis bolognaise. Je tremble comme une feuille en le mettant dans le micro-ondes. J'essaye de me souvenir comment ça marche. Max appuie sur le bouton. Ça y est, c'est parti. Le plat du Démon chauffe. En attendant, je lui amène sa bière. Il me l'arrache des mains sans même me dire merci, mais je préfère le silence à la méchanceté. Le four sonne pour indiquer que le plat est prêt. Max met ses mains sur mes épaules et me regarde droit dans les yeux. Ça me donne de la force. Je vide le plat dans une assiette et je l'apporte au Démon en priant tous les dieux du monde, même ceux qui existent pas, pour que ça lui plaise. Je pose l'assiette devant lui. En guise de remerciement, j'ai droit à un grognement.

Je sors doucement, sur la pointe des pieds.

— Où qu'tu vas comme ça ? Viens t'asseoir, j'ai besoin d'un peu de compagnie.

Je suffoque. Je ne pourrai jamais me retourner et aller m'asseoir à côté de lui. Quelque chose va se passer, l'immeuble va s'effondrer, ou prendre feu. La Terre va s'arrêter de tourner... Mais il ne se passe rien. Je m'assois sur le canapé en tremblant. Le Démon mange lentement, il a l'air un peu pensif. Il regarde fixement son plat de spaghettis et il se met à rigoler.

— On dirait de la cervelle écrasée avec du sang, tu trouves pas ?

Je ne mangerai plus jamais de ma vie des spaghettis.

— La vie, elle est pourrie. C'est une grosse merde.

Il tape un grand coup sur la table et il se met à crier.

— Une grosse merde bien puante !

Je ne peux pas m'empêcher de sursauter. Il me regarde d'un air bizarre.

— Je te fais peur ?

Je m'éloigne de lui le plus possible, en essayant d'avoir l'air normal.

— N… Non…

— Mais si, je te fais peur ! Pourquoi qu'tu me mens ?

J'ouvre la bouche pour répondre, mais aucun son n'en sort.

— Putain, non mais je rêve ! Je fais peur à mes gosses ! Maxence ! Ho, Maxence !

Maxence entre dans le salon, très calme, comme si le Démon l'avait dérangé en plein milieu d'un exercice de yoga avec plein de sages d'autres planètes. Il regarde le Démon bien en face, avec un air consterné.

— Ho, Max ! Est-ce que je te fais peur ? Parce que le petit, là, il chie dans son froc.

Les yeux du Démon, quand ils se posent sur Maxence, on dirait des armes de destruction massive.

— Non. Tu ne me fais pas peur.

Les mots résonnent dans le salon, et il y a d'un coup un blanc. Le salon est recouvert de neige.

— Et pourquoi qu't'as pas peur de moi ? Lui, il a peur de moi ! Je suis quand même ton père, merde ! Tu me méprises, c'est ça ? Tu penses que je suis qu'une merde ?

La conversation prend une tournure dangereuse. Je me soulève pour partir, mais le Démon me donne une grande claque. Alors, des tas de mots se mettent à couler de la bouche de Maxence et viennent frapper le Démon en plein cœur.

— Arrête ! On te déteste ! On rêve que d'une chose, c'est que tu t'en ailles. Fiche le camp ! T'es rien ! T'es rien qu'un nul, un raté ! Va-t'en ! Tu vois pas que tu es en train de nous détruire ? Va chercher du travail au lieu de te décourager au premier obstacle, et arrête de boire ! On veut pas d'un père comme toi, violent et alcoolique. Tu nous pourris la vie !

Le Démon ressemble soudain à une statue. Maxence m'attrape par la main pour m'entraîner dehors, mais le Démon est plus rapide que nous et sa main se referme sur mon bras. Il serre très fort. Je hurle. Il me donne une claque. Il me frappe tellement fort que j'ai l'impression que ma tête fait des tours de manège sur mon cou. Je vois des petites gouttes de sang jaillir dans l'air et éclabousser sa chemise. Maxence se jette sur lui pour me défendre, mais il est encore trop petit. Le Démon lui donne un coup de poing qui lui entaille la lèvre. Maxence s'en fiche, il revient à la charge. Il tape sans s'arrêter, de toutes ses forces d'enfant révolté. Il tape pour abattre le Démon, il tape pour abattre tous les démons. Je me jette à mon tour dans le combat, parce que c'est maintenant ou jamais. C'est le grand soir. Maxence donne un grand coup de pied dans les parties du Démon. Mais le rapport de forces s'inverse vite, et il nous tabasse. Il a l'air presque heureux en faisant ça. On tombe par terre. Il continue à écraser ses pieds sur nous. Encore un coup dans les côtes. Je hurle.

— Bande de salopards ! Petits merdeux, je vous apprendrai à respecter votre père !

Il prend ses cigarettes sur la table et il sort en vacillant un peu, repu. Quand la porte se referme enfin sur lui, le silence vient nous frapper de plein fouet. Il y a deux enfants en sang, par terre dans un salon, et la Terre continue de tourner. Qui viendra nous délivrer ? J'essaye de bouger, mais je ne peux pas. La douleur est trop vive. Je remue le bras, j'attrape la main de Maxence. Je sens sa chaleur, et brusquement, je me mets à pleurer. Je pleure tellement qu'une nouvelle mer va se former. J'espère qu'il y aura plein de requins dedans et qu'elle noiera le Démon.

Quand maman est rentrée, épuisée, de son travail, elle nous a trouvés allongés par terre, en train de noyer la moquette du salon avec notre sang et nos larmes. Elle nous a trouvés étendus, seuls contre tous, éparpillés sur le sol. Alors, elle s'est agenouillée à côté de nous, et sans dire un seul mot, elle s'est mise à pleurer. Dans ce chagrin, il y avait son enfance, ses rêves de sa vie d'avant, sa rencontre avec le Démon, les déceptions qui rongent ses jours, et ses deux enfants en miettes.

4

Les jours suivants, le Démon ne fait que passer, comme un courant d'air qui glace la maison d'un coup, avant de s'en aller. Il sait qu'il y est allé vraiment fort et du coup, il s'exile un peu. Il passe ses journées comme avant, assis au troquet, à boire toutes ses déceptions. Souvent, je me demande ce qu'il y a dans sa tête, et si il a le même cerveau que nous. Max, il dit que non. Il dit qu'on est tous différents, mais que la différence majeure entre nous, c'est pas forcément l'intelligence, c'est la conscience.

— Mais c'est quoi, la conscience ?

— C'est quand tu te rends compte de ce qui se passe.

— Et le Démon, il s'en rend pas compte, lui ?

— Non. Il s'en fiche pas mal de ce qu'on ressent. Il ne pense qu'à lui.

— C'est pour ça qu'il nous tape ?

— Entre autres, oui.

Je le regarde en plissant très fort le front, comme je fais quand je comprends pas tout, mais que j'essaye quand même. Parfois, c'est comme si il y avait des TGV dans ma tête, avec plein de lignes hors service.

Du coup, je dois emprunter des chemins vachement plus longs, et ça me prend un temps pas possible. Maxence, il sait bien que ça me fait flipper quand je comprends pas, alors il continue à me parler avec toute la patience qui lui reste.

— Toi, par exemple, tu te souviens quand maman a écrasé un pigeon par erreur cet été ?

— Oui.

— Tu pleurais, tu te rappelles ?

— Oui.

— Et pourquoi tu pleurais ?

— Je pleurais parce qu'il était mort.

— Pourtant, c'était qu'un pigeon ! Tu le connaissais pas ?

— Ben non !

Mon cerveau, il est de plus en plus embrouillé, parce qu'on est partis du Démon et qu'on en arrive à causer du pigeon mort de l'été dernier.

— Tu sais ce que ça veut dire, Slimane ?

— Ben non, justement…

— Ça veut dire que toi, tu as un grand cœur. Ça veut dire que tu es capable de ressentir de l'amour, même pour un pigeon.

— Ah oui ?

— Ça veut dire que tu as une conscience.

— Tu crois ?

— J'en suis sûr.

Je me sens soudain très important avec ma conscience. Maxence continue ses explications.

— Alors que le Démon, lui, il est même pas capable de ressentir de l'amour pour sa femme et ses enfants.

Je jette un filet dans ma gorge, pour attraper ma voix.

— Mais il nous aime même pas un tout petit peu, le Démon ?

— Non. Il se sert juste de nous pour passer ses nerfs.

— Mais il nous aimera jamais ?

— Non. Jamais.

C'est comme si je recevais un coup de griffe dans le cœur. Un petit coup de griffe, pas très douloureux. Juste une égratignure.

— Et maman, elle nous aime ?

— Oui, mais elle est complètement paumée.

— Tu crois qu'elle a perdu son chemin ?

— C'est ça. Elle a pris la mauvaise route. Elle aurait dû revenir sur ses pas il y a longtemps.

— Pourquoi elle l'a pas fait ?

— Les adultes, c'est comme ça qu'ils vivent. Ils font des erreurs, et après, ils ont plus la force de tout recommencer.

— Les enfants, c'est pas pareil ?

— Non, parce que les enfants n'ont pas encore mis de barreaux autour de leur vie.

— Tu crois que quand on sera grands, on en mettra, nous, des barreaux autour de notre vie ?

— Je sais pas, c'est possible.

— Je voudrais jamais être grand, alors.

— Moi non plus.

J'ai pris sa main dans la mienne, et je l'ai serrée très fort en lui jurant qu'on serait jamais grands et qu'il n'y aurait jamais de barreaux autour de notre vie.

Depuis la dernière fois que le Démon nous a frappés, Maxence a des cernes tout autour des yeux. Ça forme comme un cratère, un gouffre rempli de tristesse. Il ne parle presque plus. Quand il croise le Démon, il le voit même pas et le Démon ne le regarde pas non plus. C'est comme si le point de non-retour avait été franchi. Maxence a l'air enfermé à l'intérieur de lui. Ça doit pas mal le brûler, parce que ses yeux sont bouillants. Souvent, j'essaye de lui parler, pour qu'il sorte de sa tanière, mais j'y arrive pas. Je voudrais poser une feuille de salade devant sa carapace comme j'ai fait une fois avec un escargot, pour qu'il sorte la tête, mais je sens qu'il est loin, et ça me rend triste. Quand je lui parle, il me répond plus comme avant.

— Max, tu voyages dans ta tête ?

— …

— Max, pourquoi t'es plus comme avant ?

Ses yeux s'écrasent sur moi, et ça me fait suffoquer. Les yeux de Maxence sont tout bleus, et dedans, il y a le monde entier.

— Parce que plus rien n'est comme avant.

— Si. Je suis comme avant, moi.

— Toi oui.

— Et ça suffit pas ?

— Non… Bientôt, toi non plus tu ne seras plus comme avant.

— Mais pourquoi ? Je serai toujours ton frère. Je serai toujours là pour toi !

— Oui. Mais tu ne seras plus le même.

— …

— Tu ne seras plus le même à cause du Démon.

— Mais tu dis toi-même qu'il doit pas gagner !

— Non, il ne doit pas gagner. Mais des fois, il gagne quand même.

— Il gagne une partie, c'est tout !

Je le regarde, mais j'ai l'impression qu'il m'entend plus. Souvent, quand je rentre dans la chambre, je le trouve devant la fenêtre, en train de regarder dans le vide. J'ai envie de l'appeler, mais la plupart du temps, j'ose pas. Alors je reste là, sans faire de bruit, à le regarder, enveloppé dans sa solitude. D'autres fois, je me force à lui parler.

— Max, à quoi tu penses ?

— À la vie.

— À quoi d'autre ?

— Au Démon, et à tout ce qui ne va pas.

— Tu crois qu'un jour, le monde entier sera différent ? Tu crois qu'un jour, il y aura plus jamais de Démons ?

— Et toi, tu crois ça ?

— Oui… Enfin, j'en sais rien, mais je pense…

Son regard s'envole de moi une nouvelle fois, pour se poser loin, très loin, et moi, je pense au silence d'un monde sans Démon.

Maxence ne ramène plus que des mauvaises notes, maintenant. C'est la première fois de sa vie, parce que d'habitude, c'est un super crack. L'année dernière, la maîtresse a convoqué maman et le Démon pour leur dire qu'il était surdoué et qu'il fallait le mettre dans une école spécialisée qui coûterait des sous. Le Démon, ça l'a fait rigoler et il a dit que c'était hors de question qu'il se prive de tout pour Maxence. Que ses parents à lui l'avaient jamais mis dans ce genre d'école et qu'il s'en était très bien sorti. Maxence, depuis toujours, c'est le meilleur élève de l'école. Mais depuis la dernière crise du Démon, c'est fini. Avant, quand on rentrait, il faisait ses devoirs, mais maintenant, il s'assoit sur son lit ou près de la fenêtre, et il regarde dans le vide. Il a l'air de voir tout un tas de trucs, parce que ça peut durer des heures, jusqu'à ce que maman nous appelle pour le dîner. Quand le Démon est là, on mange dans notre chambre, quand il est pas là, on mange tous les trois. Maman regarde Maxence avec des yeux tristes, parce qu'elle sait pas quoi faire pour qu'il redevienne comme avant. Mais elle préfère encore son silence à ses mots tranchants. Quand elle l'interroge trop, il lui dit qu'elle n'a qu'à virer le Démon et que tout est de sa faute. Alors elle préfère se taire, et écouter le bruit de nos fourchettes qui glissent sur nos assiettes. Maxence ne mange presque plus. Souvent, il se lève d'un coup et il retourne dans sa chambre sans dire un mot. Maman et moi, on se regarde, et on n'a plus très faim non plus. Dans ces moments-là, moi aussi j'aimerais dire des tas de choses, pour obliger le silence à s'enfuir, mais j'y arrive pas. Je suis comme séquestré, englouti par une énorme angoisse carrément gigantesque. J'ai le cœur qui se serre comme si quelqu'un était en train de l'essorer, et j'ai du mal à respirer.

Après avoir aidé maman à faire la vaisselle, je retourne dans la chambre. Maxence est assis sur son lit, le regard dans le vide.

— Max, pourquoi tu travailles plus à l'école ?

— Parce que ça sert à rien.

— Mais pourtant, tu disais…

— Je me suis trompé.

— Tu travailleras plus jamais ?

— Non.

— Comme le Démon, quoi.

Il pose ses yeux sur moi, pour la première fois depuis le début de la conversation.

— Non, pas comme le Démon.

— Comme quoi, alors ?

— Slimane, pourquoi tu poses toujours autant de questions ?

— Parce que quand je comprends pas, j'ai l'impression de ne plus pouvoir respirer. Dis-moi pourquoi tu ne veux plus travailler.

— Parce que l'école, ça n'apprend pas la vie.

— …

— Ça apprend des choses qui servent à rien. Par exemple, à l'école, on nous apprend ce qu'il faut faire quand le Démon nous frappe ?

— Non, ça, on nous l'apprend pas.

— Tu vois ? La seule école valable, ce serait celle qui nous apprendrait à lutter contre le malheur. Contre tous les malheurs.

Je me dis qu'il a bien raison, et que moi non plus, je travaillerai plus jamais, jusqu'à ce qu'on nous fournisse le mode d'emploi de la vie, traduit en douze millions de langues.

À la maison, on fait tout pareil qu'avant, sauf qu'on dirait que la vie s'est arrêtée. Hier, le Démon a fouillé notre chambre, et il a brûlé le journal intime de Maxence. Dedans, il racontait notre vie de maintenant, mais surtout, notre vie rêvée : une maison avec des lumières roses, des vrais parents, normaux et amoureux, des tas d'amis, et plus aucune mauvaise nouvelle à la télé. Il écrivait des poèmes aussi, et il collait des bouts d'articles et des fleurs. Ce journal était vraiment très important pour lui. On a regardé tous ses mots partir en cendre, sans rien pouvoir faire. Max n'a pas prononcé un seul mot. Il a assisté à la destruction de son monde secret jusqu'à la fin, sans bouger, avant de retourner dans la chambre. Pour ça, le Démon sera puni. Les mots de Maxence se changeront en papillons, et les anges les liront, j'en suis sûr. Peut-être qu'ils exauceront nos rêves…

— Combien de rêves, Max ?

— Aucun.

— Combien de cauchemars ?

— Des milliards.

— Combien d'étoiles dans ton ciel ?

— Que des filantes. Je ne peux pas les compter.

— Combien d'orages ?

— Des tonnes.

— Comment est ton ciel ?

— Noir.

— Qui est ton frère préféré ?

— Slimane l'Innocent.

— À quoi va ressembler ta vie ?

— À rien.

5

Maman a le visage tout blanc, on dirait qu'elle va s'écrouler à chaque pas. Elle travaille plus que jamais, vu que le Démon ne gagne plus d'argent. Il recommence à lui prendre ses sous à elle pour boire et traîner dans les bars. Alors, elle fait des heures supplémentaires. Souvent, elle part à 6 heures du matin.

Je suis réveillé par des gémissements étouffés. Maman est en train de pleurer doucement dans la cuisine, la tête dans ses mains, à côté de son bol de café. Dehors, il fait noir. Bien plus noir que son café. Et froid aussi. Si j'avais des superpouvoirs, je transformerais la vie. Je dessinerais un grand soleil dehors, et un sourire sur le visage de maman, pour qu'elle ne soit plus jamais triste. Mais je suis tout petit. Une grande larme vraiment immense monte dans ma gorge et déborde de mes yeux. Je me précipite vers maman et je la serre le plus fort possible, pour qu'elle sache qu'il y a quelqu'un qui l'aime, quelqu'un qui sait qu'elle va partir dans le froid nettoyer toute la journée des chambres pour des gens qu'elle connaît même pas. Quelqu'un qui sait que le Démon a recommencé comme avant et qu'elle ira jamais manger au restaurant dans sa belle robe noire.

Elle pleure contre moi, en trempant ma peau. Je frissonne. Si toutes ses larmes se déversaient sur moi, j'absorberais tout son chagrin, et elle serait plus jamais triste.

— Slimane ! Qu'est-ce qu'on va devenir ?

On va tous mourir. On ne pourra jamais supporter tout ce chagrin. La vie va nous écraser encore plus fort qu'un trente-trois tonnes à quatre cents à l'heure.

— T'inquiète pas, maman. Ça va aller. On s'en sortira.

Il faut juste qu'on trouve où est la sortie. Après, il faut qu'on trouve où est la lumière, qu'on allume, qu'on marche longtemps, qu'on trouve la bonne porte et le trousseau de clés qui va avec. Et on aura peut-être une chance. Tout ça avec le Démon qui nous court après. Bon courage ! Si encore on avait Brad Pitt ou George Clooney avec nous. Eux, c'est sûr, ils lui mettraient la pâtée, au Démon. Eux, ils sauveraient le monde.

Maman essaye de se reprendre. Elle se redresse, et elle passe ses mains sur son visage. Autour de ses yeux, il y a des poches, comme celles d'un kangourou que j'ai vu une fois dans un documentaire. C'est là qu'elle range tous ses chagrins. On dirait que sa peau va tomber par terre. Elle fait des plis, et elle tient plus bien sur ses os. Je prends un kleenex, je mets un peu d'eau dessus, et je lui passe sur le visage.

— T'inquiète pas, maman. C'est toujours les gentils qui gagnent. Toujours.

Enfin, dans les films, c'est comme ça en tout cas.

— Va te recoucher, Slimane.

Elle me serre très fort contre elle, avant d'aller affronter la vie du dehors. Je retourne dans ma chambre. Maxence dort profondément. Je le regarde sans faire de bruit. Il y a que quand il dort qu'il a l'air heureux. Il faudrait qu'il dorme tout le temps. Comme ça, il y aurait plus jamais d'orage sur son visage. Rien que des ciels bleus et du soleil partout.

Je me recouche doucement, mais je peux pas dormir parce que ma vie pèse trop lourd. Qu'est-ce que je pourrais faire pour tout arranger ? Pour sécher toutes les larmes qui coulent ? Je me sens si petit ! Si seulement j'avais des superpouvoirs, tout irait mieux ! Avant qu'elle parte, j'ai glissé un petit mot dans la main de maman : « J'ai emballé tous mes baisers dans du beau papier cadeau. Quand tu l'ouvriras, ils s'envoleront dans ton cœur. » J'entends la porte d'entrée se refermer doucement. L'ascenseur est encore en panne. Maman va descendre les neuf étages à pied. Et puis, elle ira jusqu'à l'arrêt du bus en sentant le froid la mordiller. Elle arrivera à l'hôtel dans un peu plus d'une demi-heure, et elle commencera à tout nettoyer. Elle le sait pas, mais du fond de mon lit, je marche à côté d'elle, j'attends le bus avec elle. Je fais tout avec elle. Je suis sa petite luciole.

Le matin, quand Maxence ouvre les yeux, je suis déjà debout. Je me force à avoir l'air gai, et je lui fais un immense sourire pour que sa journée commence bien. Au début, il a l'air content, et puis, d'un seul coup, il reçoit sa vie de plein fouet et son visage s'assombrit. Je parle, je parle sans pouvoir m'arrêter, même si je sais qu'il n'aime pas le bruit le matin, pour qu'il fasse attention à moi et qu'il ne s'enferme pas tout de suite dans le silence. Je lui raconte des rêves inventés de toutes pièces, des rêves que j'ai jamais faits. Ça le fait sourire.

— … Et après, j'étais gonflé comme un ballon, et j'arrivais tout à côté du soleil, et alors là, il m'a regardé fixement, et il m'a dit : « Je vais partir quelque temps, il faut absolument que je prenne des vacances. » Moi, je savais pas comment le retenir, alors je me suis agrippé à ses rayons. J'ai commencé à cramer, il est parti, et après, c'était l'hiver…

Le Démon est encore en train de dormir. On fait le moins de bruit possible, pour qu'il ne se réveille surtout pas. Ensuite, on se prépare, et on part au collège. On se tape les neuf étages à pied. Le pire, ce sera tout à l'heure, quand il faudra les remonter. Dehors, il fait encore noir et le ciel est bas. Max et moi, on se traîne sur le bitume. Dans ma tirelire, j'ai un euro et vingt cents. Bientôt, j'aurai de quoi lui acheter un jetable. Alors, il prendra plein de photos, et ça rendra le monde plus beau.

6

Max et moi, on se prépare pour aller jouer à la PlayStation chez Nouredine, parce que c'est dimanche et qu'il fait un goûter chez lui, avec ses parents et son pitbull. La dernière fois, c'est Maxence qui a gagné, et Nouredine veut faire la deuxième manche. On s'apprête à partir, mais le Démon nous barre la route.

— Oh, les petits cons. Où c'est que vous allez, comme ça ?

Maxence respire bien à fond et il regarde le Démon comme si il était transparent.

— On sort.

— Vous sortez que dalle. La machine à laver, elle est cassée. Vous allez descendre en bas laver mes fringues. Et que ça saute !

Max reste immobile, comme si c'était un arbre qu'on avait planté il y a très, très longtemps. Le Démon fourre tous ses vêtements dans un sac, et il le balance dans le couloir. Si je pouvais, j'y mettrais le feu.

— Oh ! Grouillez-vous ! Si jamais ça rétrécit, je vous tue.

Plus de tournoi de PlayStation, plus de goûter. Max ne dit pas un mot. Je cherche désespérément son regard, mais il s'est envolé trop loin. On ramasse le sac qui pèse une tonne et on descend les neuf étages. La laverie ressemble à un terrain vague qui sentirait le propre. Max fait attention de bien lire les étiquettes. Toucher le linge sale du Démon, ça me dégoûte pire que tout. De toute façon, même avec des vêtements lavés, il sera jamais propre. On fourre le linge dans deux machines différentes. Et on s'assoit en regardant le hublot se remplir d'eau moussante. Je voudrais que tous ses vêtements se noient et que personne ne vienne jamais les repêcher. La machine tourne de plus en plus vite et j'imagine que c'est la tête du Démon qui est à l'intérieur. Ce serait une raison logique pour expliquer pourquoi il a perdu la tête.

7

Je me réveille doucement, et je vais m'asseoir sur le lit de Maxence. J'ai besoin de le voir, de le regarder, de sentir qu'on va vivre la journée ensemble. Lui et moi contre le monde entier. Lui et moi contre le Démon. Il me sourit, mais dans son sourire, il y a comme un mystère, quelque chose que j'ai encore jamais vu.

— Maxence, ça va ?

— J'ai mal au ventre.

— Tu veux que j'appelle le docteur ?

— Non, c'est rien.

— Attends, je vais te chercher la bouillotte.

— Non, laisse tomber.

Mais je suis déjà dans la salle de bains en train de la remplir d'eau chaude. Je la pose sur son ventre en souriant, comme maman quand elle s'occupe de nous, et je lui passe la main sur le front. Je l'aime tellement, tellement ! Il est ce que j'ai de plus précieux au monde. Il est toute ma vie, parce qu'il me montre le chemin. Il ferme les yeux et il a l'air si triste que je me serre contre lui.

— Souris, Max !

Il ouvre les yeux et il me fixe comme si il voulait me dire quelque chose de spécial.

— Qu'est-ce qu'il y a ?

Il hésite. Son regard est tellement ardent que j'ai du mal à le soutenir.

— Rien…

Je lui parle de tout et de rien, comme je fais d'habitude. Je vois bien que ça l'énerve un peu, mais je ne peux pas m'en empêcher. S'il y a trop de silence entre nous, j'ai l'impression que je vais me noyer, et disparaître.

— J'ai trop mal au ventre, Slimane. Je vais pas pouvoir aller en cours, aujourd'hui. Préviens le principal, d'accord ?

— T'es sûr que tu veux pas que j'appelle un docteur ?

— Non, c'est rien, ça va passer.

— Je reste avec toi.

— Non, toi, tu vas en cours.

— Mais pourquoi, puisque tu dis que de toute façon, on n'apprend rien ?

— Tu dois y aller quand même. Après, ça va faire des histoires.

Je me prépare le cœur lourd, parce que c'est la première fois que je vais aller au collège sans lui. Il n'a jamais manqué un seul jour.

Je lui dis au revoir. Sur son visage, il y a une expression que je connais pas. Je voudrais rester avec lui toute la journée, mais il me fait signe d'y aller, alors je ramasse mon cartable trop lourd. Je lui prends la main. Il la serre plus fort que d'habitude, et il me regarde bien en face.

— Au revoir, Slimane. Prends soin de toi.

— À tout à l'heure.

Nos regards se collent l'un à l'autre, pire que de la glu. Ils se parlent en langage de z'yeux. En pupilles, en battements de cils et en iris. Il me fait un signe de la main et je m'éloigne doucement.

Aucun Démon à l'horizon. Tant mieux, comme ça, Max pourra vraiment se reposer. Je descends l'escalier. Dehors, il fait noir et froid. Le vent souffle. Je voudrais qu'il balaye mes chagrins et mes souvenirs trop lourds.

Dans la cour du collège, il y a des rires et des cris un peu partout. Je vais voir le principal pour lui expliquer que Maxence est malade, et je rejoins ma classe en silence. Impossible de me concentrer. C'est sur l'horizon que je voudrais écrire, pas sur un cahier. J'aimerais qu'on nous apprenne comment toucher le ciel, comment repousser les orages, comment ne plus avoir peur. Mes pensées s'envolent par la fenêtre et vont rejoindre Maxence. Qu'est-ce qu'il est en train de faire ? À quoi il pense ? Je voudrais tellement que maman et lui soient heureux ! Mon impuissance me donne envie de pleurer. Si j'étais grand et que j'avais des sous, j'irais les chercher, et je les installerais dans un bel appartement, très loin du Démon. Peut-être même dans un autre pays. Oui, c'est ça que je ferais. Je les mettrais à l'abri pour la vie. Et maman n'aurait plus jamais besoin de travailler.

Pendant la récréation, tout le monde a l'air content. Je me cache derrière un arbre, pour rester seul. J'ai une envie folle de retourner à la maison pour voir Maxence, mais je me retiens parce que je sais que ça le rendrait furieux. Certaines fois, le temps passe vite, mais d'autres fois, on dirait qu'il est bloqué dans les embouteillages. Je klaxonne, mais ça n'avance toujours pas. J'envoie des tonnes de pensées silencieuses à Maxence en espérant qu'il les reçoit. Max dit que la transmission de pensées, ça existe, et que si on pense très fort à une personne, elle le sent. Que la pensée, c'est comme un genre de câble, et que si on est bien connecté, ça marche un peu comme un téléphone. J'espère que là, il est branché, parce que j'arrête pas de lui parler dans ma tête.

Max, tu m'entends... ?

8

La journée est finie. Je cours vers la maison, avec mon cartable qui pèse une tonne, pour retrouver Maxence. J'ai hâte de m'asseoir sur son lit et de lui raconter ma journée. Vite, il m'attend ! Je saute au-dessus des flaques, je slalome entre les gens, je rebondis sur les trottoirs, je traverse alors que le feu est vert. Je cours de toutes mes forces. Mon cœur va beaucoup plus vite que moi. Il est déjà dans la chambre, à côté de Maxence.

L'ascenseur est encore en panne, mais je m'en fiche pas mal parce que je me sens pousser des ailes. Je grimpe les marches deux à deux. Je m'arrête au cinquième étage, pour reprendre mon souffle. Quand j'ai un peu plus de forces, je monte les quatre derniers étages. Je glisse tout doucement la clé dans la serrure, en espérant que le Démon a pris le large. Ouf, l'appartement est vide ! Il a sûrement passé la journée au café. Ce sera chaud quand il rentrera, mais pour l'instant, on est tranquilles. Comme dit Maxence, chaque chose en son temps. On fait de la gestion de crise, on vit une seconde après l'autre.

Tout est silencieux. Je me précipite vers la chambre. J'ouvre la porte, et là, quelque chose vient me frapper au cœur avec une telle violence que je suis obligé de m'agripper au mur pour ne pas tomber. Dans la chambre, il y a un vent glacé qui s'engouffre. Dans la chambre, il y a un gigantesque cratère, un gouffre impossible à combler. Dans la chambre, il y a le corps de Maxence qui se balance.

Une lettre dépasse de sa poche. Je la déplie en tremblant. Et je lis. Je lis sans pouvoir m'arrêter. Je dévore ses mots pour lire que tout ça n'est pas vrai, qu'il va desserrer la ceinture qu'il a autour du cou et éclater de rire.

Slimane, je ne supporte plus les cris du Démon qui rebondissent sur les murs de notre chambre et s'engouffrent partout dans mon cœur, même quand je dors. Mon cœur est fissuré, il est rempli de courants d'air qui me glacent. Je ne supporte plus de voir ton visage en sang, je ne supporte plus de m'endormir en ayant mal, là où le Démon m'a frappé. Je ne supporte plus les pleurs de maman. Souvent, la nuit, je suis réveillé par leurs hurlements, et je pose mes mains sur mes oreilles pour ne plus les entendre. Je voudrais que le monde s'éteigne et ne fasse plus jamais de bruit. Je ne supporte plus la terreur que je lis sur ton visage quand tu te serres contre moi. Je sens ton cœur battre dans ma poitrine, et je sais que tu as mal. Je n'en peux plus de ces bruits de meubles renversés, du corps de maman qui tombe, des portes qui claquent. Je sors de la chambre, et je sais déjà ce que je vais trouver dans le salon : des bouteilles de vin renversées, le décor éventré, et maman, allongée par terre, la lèvre fendue et les yeux tout noirs, comme si elle avait mis trop de khôl. Celui qu'elle achète au marché le dimanche. Pourquoi le Démon crie comme ça ? Pourquoi le Démon lui tape tout le temps dessus ? Pourquoi quand elle ouvre les yeux, elle sourit en disant que c'est pas grave, alors qu'il y a du sang partout ? Pourquoi elle refuse qu'on s'en aille depuis des années ? Le monde des grands, moi, j'en veux pas. Ce monde sans âme, rempli de cœurs rassis.

Je pars au Pays sans Adultes. Je voudrais t'emmener avec moi, Slimane, mais tu es encore trop petit pour décider, alors je préfère partir tout seul. Là où je serai, je veillerai sur tous les enfants du monde, pour qu'ils ne soient plus jamais seuls. Je sais qu'un jour viendra où le soleil illuminera nos vies et tuera l'obscurité qui les recouvre. Je sais qu'un jour viendra où les enfants n'auront plus jamais peur et ne s'endormiront plus en pleurant, perdus au fond de leur lit. Je ne peux plus rester ici. Je souffre tellement que parfois, je n'arrive plus à respirer. Ne sois pas triste, Slimane. Je serai toujours avec toi. Mais là où je vais, je serai plus utile pour vous tous. Je t'aime. Maxence.

Je ne peux plus bouger. Je revois l'expression de son visage, quand je suis parti ce matin, et je comprends tout d'un coup. Quand il m'a serré la main…

« Au revoir, Slimane. Prends soin de toi.

— À tout à l'heure. »

Il savait qu'on ne se reverrait plus jamais…

Le monde est en train de s'effondrer. Les continents me tombent dessus l'un après l'autre. Je suis enseveli.

Quelque chose se brise lentement à l'intérieur de moi, sans faire aucun bruit. Quelque chose qui me fait suffoquer et m'empêche de bouger.

Au secours...

Je reste à côté de Maxence, sans faire un seul geste. Pas de larmes, pas de cris. Un grand silence. Il fait noir. Je suis seul au monde. Il n'y aura plus jamais de fous rires pour tromper la peur, de chaleur la nuit pendant que le monde entier se dispute, de mots doux pour cajoler la douleur. Il n'y aura plus jamais de réconfort après la violence des coups.

Pourtant, tu disais que le Démon ne gagnerait jamais. Alors pourquoi ? Pourquoi tu t'es envolé dans le ciel ? Tu disais que quand on serait grands, on peindrait la vie couleur d'arc-en-ciel, qu'on illuminerait les nuits avec nos éclats de rire, qu'on vivrait ensemble au Pays sans Adultes. Tu disais que les méchants ne gagneraient jamais, que les enfants s'uniraient pour abattre la violence, qu'on devait s'accrocher pour s'évader du Démon et construire une vie multicolore, aussi belle que la photo d'un jardin que tu m'avais montrée. Maxence, tu disais tellement de choses, des choses qui m'aidaient chaque jour à respirer et à supporter tous les drames du monde. Alors pourquoi ? Pourquoi je n'ai pas pu te retenir et t'empêcher de sombrer ? Pourquoi tu n'as pas eu suffisamment d'amour pour moi pour rester ici ? Pourquoi tu ne m'as pas fait assez confiance pour me parler et m'emmener avec toi ? Je repense à la dernière fois qu'on a joué aux rêves et aux cauchemars...

« Combien de rêves, Max ?

— Aucun.

— Combien de cauchemars ?

— Des millions de tonnes.

— Comment est ton ciel ?

— Noir.

— À quoi va ressembler ta vie ?

— À rien. »

Quand j'ai enfin réussi à bouger, j'ai pris mes ailes d'ange dans le placard et je les ai mises sur mon dos. Les anges ont du chagrin aujourd'hui. Leurs ailes pèsent une tonne.

Maman est rentrée à 18 heures. Elle finit plus tôt, le jeudi. Le bruit de la clé dans la serrure m'a fait sursauter. Je l'ai entendue aller et venir d'un pas lourd dans l'appartement. Longtemps après, elle a ouvert la porte. Elle m'a regardé, assis avec mes ailes d'ange. Puis, elle a vu le corps de Maxence se balancer, et une expression folle est passée sur son visage. Elle a suffoqué, et elle est devenue comme une pierre. Ensuite, elle a poussé un hurlement qui a déchiré tous les cieux de tous les mondes de la terre. Un hurlement qui a fait dévier l'axe de la planète et qui a résonné dans le cosmos. Un hurlement qui a fait tourner mon sang. Elle s'est jetée sur Maxence, et elle a réussi à le décrocher. Ils sont tombés tous les deux sur le sol, avec le même bruit sourd que font nos corps sous les coups du Démon. Puis elle a secoué Maxence avec une rage désespérée.

— Réveille-toi ! Réveille-toi ! Maxence… Noooooooooooon !

Je l'ai laissée faire, sans esquisser le moindre geste, sans dire un mot. Maxence ne se réveillera plus jamais. Il est au Pays sans Adultes, maintenant. Un pays sans

Démon, sans journées d'hiver. Un pays où personne ne grelotte, où les enfants sont rois. Un pays où les journées sont des sucreries.

Les hurlements de maman se transforment en sanglots. Ils se déversent avec une telle violence qu'on dirait qu'ils vont tous nous noyer. J'ai les yeux désespérément secs et le cœur en feu. Un grand incendie est en train de me ravager et de brûler mes derniers espoirs. Je suis assis sur la chaise de Maxence, avec mes ailes d'ange dérisoires. Je regarde son corps sans vie, désarticulé, sur la moquette. Maman s'y accroche pour ne pas sombrer, mais les flots du chagrin sont en train de la recouvrir entièrement.

Nos cœurs sont cassés. Qui nous aidera à les réparer ? Mon cœur ne battra plus jamais comme avant. Il ne battra plus sans Maxence. C'est lui qui le réparait quand il déraillait. C'est lui qui lui parlait quand le Démon nous ensevelissait sous sa violence. Plus rien ne battra dans ma poitrine maintenant. Mon cœur résonnera dans le vide.

Longtemps après, une clé tourne dans la serrure. Le Démon tousse, prend une bière dans le frigo, allume la télé. C'est un jour banal. Il s'énerve parce qu'il ne trouve pas les cacahuètes qui vont avec sa bière.

— Oh, Danielle ! Où c'est qu't'as foutu les cacahuètes, merde !

Maman l'entend éructer de très loin, bercée par le roulis de son chagrin. Quand le Démon en a marre de crier dans le vide, il se lève. Ses pas résonnent dans le couloir. Il entre dans la chambre, et soudain, il voit tout. Le corps de Maxence sur la moquette, maman dévastée par le chagrin, et moi tétanisé sur la chaise. Il reste cloué sur place. Cette fois-ci, il ne contrôle plus rien, la situation le dépasse complètement. Sa lèvre tremble comme si il avait du chagrin, et brusquement, il se précipite vers Maxence en gémissant.

— Max… Max !

Il passe sa main dans ses cheveux. Et il pleure. Des vraies larmes de bourreau qui oublie que tout est de sa faute. Des larmes de bourreau qui se retrouve sans sa victime préférée. Des larmes sincères, sans mémoire. Il s'effondre en serrant la main sans vie de Maxence dans la sienne. Cette main qui s'est tant de fois abattue sur nous. Cette main implacable, qui a fait couler le sang. Une main faible aujourd'hui, une main au désespoir. Le Démon et maman sont unis dans le chagrin. Ils entourent le corps de Maxence. C'est un genre de retrouvailles un peu particulier. Maxence aurait sûrement trouvé un truc drôle pour décrire cette scène. Mais moi, je peux pas. Je suis en train de me changer en iceberg. Mon cœur a une pneumonie. J'ai une fracture de l'âme.

9

Les jours suivants passent aussi lentement que dans le pire des cauchemars : défilé des voisins, formalités, maman et le Démon complètement perdus. Je m'occupe de tout. J'accueille les gens, je téléphone, je dis quoi faire à maman et au Démon. Personne ne me voit. Personne n'a un mot pour moi. Le monde entier s'en fiche. Je fais comme si je n'avais plus aucun sentiment, comme si je ne ressentais rien. Quand je n'en peux vraiment plus, je me réfugie dans notre chambre. J'ouvre notre parapluie, comme le faisait Maxence, et je me dissimule dessous.

« Tu vois, Slimane, comme ça, les larmes ne tombent pas sur nous.

— Max, tu crois que la mer s'est formée avec les larmes de tous les gens qui ont pleuré depuis des siècles ?

— Ça fait beaucoup de gens tristes, alors. »

Quand on était sous ce parapluie, rien ne pouvait nous arriver. Tu te souviens ? Quand on était sous ce parapluie, on repoussait tous les orages.

Le Démon est habillé tout en noir, et il pleure sur le divan. Je ne comprends pas pourquoi il est triste. Il n'aimait pas Maxence, il devrait être content ! Maintenant, il ne le verra plus jamais. Maman est dans sa chambre, immobile devant le miroir. Elle se regarde, mais on dirait qu'elle se voit pas. Je m'avance et je lui prends la main. Elle sursaute, comme si elle revenait brusquement à elle et qu'elle ne me reconnaissait pas vraiment.

— Maman, ça va ?

— Non, ça va pas.

Les larmes coulent doucement sur ses joues maquillées, et le rouge qu'elle a mis dessus coule aussi. Ça fait des traînées, comme des brûlures. Elle s'assoit sur le lit, et elle continue à sangloter, torpillée par la vie. Moi, je reste là sans pouvoir rien faire, avec tous les mots que je voudrais lui dire qui restent coincés dans ma gorge.

À l'enterrement, il y a tous les voisins, et tous les copains de Maxence. Ceux qui savent rien de notre vie, ceux qui connaissaient que Super-Maxence, le crack qui savait toujours plein de trucs. Tout le monde pleure, sauf moi. J'ai les yeux secs. Il y a un barrage dans ma gorge, qui refuse de céder. Ça fait comme une boule de cristal.

J'ai mal, j'ai mal...

Je porte les vêtements de Maxence. Ceux qu'il mettait encore l'année dernière. C'est un peu comme si il assistait à son enterrement. Je regarde le cercueil, mais je crois pas du tout qu'il soit là-dedans. Il a forcément trouvé un moyen de s'envoler très loin d'ici. Est-ce qu'il nous voit ? Le Démon est effondré. Il se serre contre maman. Il lui prend même la main. Elle ressemble à un fantôme. Elle regarde droit devant elle, comme si elle était dans un autre monde, encore plus épouvantable que le nôtre. Il y a même les parents du Démon qui sont venus. Ils pleurent aussi. Moi, j'ai envie de leur crier qu'ils auraient tous dû faire ce qu'il fallait pour s'entendre quand Max était encore vivant, que ça sert à rien de pleurer, que maintenant c'est trop tard. Le prêtre n'arrête pas de parler, mais je n'entends rien. Je me demande bien pourquoi il y a un prêtre puisque le Démon ne croit à rien. Peut-être qu'il pense que ça lavera ses péchés, mais ça lavera rien du tout. Il devra vivre avec ce qu'il nous a fait. Avec tout le mal qu'il a fait à Maxence, surtout. Pourquoi c'est toujours les gentils qui s'en vont ? Pourquoi c'est pas le Démon qui a été emporté par toute la noirceur de son âme ? Pourquoi il est encore en vie alors que Maxence est mort ?

Ils mettent le cercueil dans la terre. Ça me fait rien, parce que je sais que Max n'est pas là-dedans. C'est impossible, sinon, il étoufferait. Maman prend un peu de terre et la lance sur le cercueil. Un sanglot s'évade de sa gorge. Ça fait frissonner tout le monde. Le pire, c'est le Démon, en larmes, qui jette la terre, lui aussi. J'ai envie de crier que c'est lui qui l'a tué, que chaque jour il nous brise à petit feu avec toute sa haine. Mais je reste là à le regarder pleurer, sans pouvoir prononcer un seul mot.

Après, il y a les condoléances. Toute l'assemblée se presse autour de maman et du Démon. Moi, je suis transparent. Personne ne me dit rien, personne ne vient vers moi. Je m'en fiche pas mal de leur cinéma. Je m'éloigne doucement en parlant à Maxence. Il se met à pleuvoir très fort, mais je cherche même pas à m'abriter. Je laisse l'eau froide me tremper. Je trouve ça normal que le ciel soit triste. Quand une âme d'enfant s'évade de la terre, elle devient une étoile qui brille très fort dans le ciel, pour que tous les autres enfants la voient et soient guidés par elle.

Je lève les yeux vers le ciel, mais c'est encore trop tôt, je ne vois aucune étoile. Ce soir, le ciel sera sûrement en deuil. Après, il faudra un peu de temps pour les formalités, mais dans quelques jours, j'en suis sûr, il y aura une nouvelle étoile dans le ciel, et elle s'appellera Maxence.

La vie à la maison a été définitivement enterrée avec Maxence. Elle est morte, sans espoir. C'est une vie à l'agonie, qui passe plus lentement que jamais. Maman a eu droit à un congé pendant une semaine, pour se remettre. Elle reste au lit, sans rien faire. Elle regarde le plafond, rien d'autre. Le Démon essaye de lui parler, mais elle lui répond pas, alors il s'en va. Je ne vais plus au collège depuis plusieurs jours.

Hier, Sandrine, Bocris, Nouredine et Bescherelle ont sonné à la porte. C'est le Démon qui a ouvert la porte, complètement ivre. Je me suis avancé pour les rejoindre, mais il formait comme un écran entre nous. Un obstacle impossible à franchir. J'ai bien vu qu'ils avaient peur. Le Démon leur a dit qu'ils n'avaient rien à faire ici et les a traités de petits cons. J'ai pris leurs regards hébétés en pleine figure, juste avant qu'il leur claquc la porte au nez. C'est surtout le regard de Sandrine qui m'a fait de la peine. Normalement, c'est toujours moi qui la défends, mais là, elle a compris que c'était moi le plus en danger et qu'elle ne pouvait rien faire. Elle m'a fait un petit sourire triste, comme à l'école, quand les autres se moquent d'elle. Un sourire qui voulait dire : « C'est pas grave, ça va aller », même si on sait pertinemment que c'est très grave et que ça ne va pas du tout.

La nuit, je n'arrive plus à dormir. Je reste allongé sans bouger, et je sens mon cœur tanguer. Quand je m'endors enfin, j'ai l'impression de tomber dans un trou. Je me réveille en hurlant, et je m'assois sur mon lit en priant pour ne pas avoir réveillé le Démon. Parfois, je regarde le lit de Maxence. Pendant quelques secondes, je suis sûr et certain qu'il va me parler, me dire quelque chose, n'importe quoi qui me donne l'impression d'être encore en vie. Quand je ne peux vraiment plus respirer, je me lève pour regarder la lune, et je lui parle en silence. Je regarde les étoiles dans le ciel, en essayant de deviner dans laquelle Max habite. La grande qui brille très fort, ou la toute petite, presque éteinte ? Des fois, j'ai peur que le nouveau monde où Maxence est allé soit pire que celui-ci. Je l'imagine en train de changer tout le temps d'endroit, de jouer à saute-mouton avec les autres mondes. Je l'imagine perdu dans la Voie lactée, sans personne pour lui indiquer le chemin. Alors, le chagrin devient trop grand pour rester caché en moi et il déborde. Je me jette sur mon lit en pleurant, la tête dans mon oreiller pour que personne ne m'entende. Je pleure jusqu'à ce que je me sente trop épuisé pour penser. Je pleure parce que mon frère préféré était tellement triste qu'il est parti sans me prévenir. Je pleure parce qu'il ne m'a pas emmené avec lui alors qu'il avait juré craché. Je pleure parce que j'ai peur de ne plus jamais le revoir. Je pleure parce que je ne peux pas vivre sans lui.

Parfois, dans la journée, je me sens tellement seul que je m'allonge sur le lit, à côté de maman. Je serre sa main, mais c'est une main morte, sans aucune réaction.

— Maman !

— …

— Maman, dis quelque chose !

— Il est mort ! Il est mort !

Et elle pleure pendant des heures, sans pouvoir s'arrêter. Je trouve rien à dire, alors je retourne dans ma chambre, et je me glisse sous le parapluie. Ou bien je m'assois sur le tapis bleu, en priant pour qu'il m'emporte loin, très loin d'ici. Mais sans Maxence, ça ne marche plus. Sans Maxence, il n'y a plus rien qui marche. Sans Maxence, le monde est encore pire qu'avant.

10

Je suis réveillé en sursaut par la première dispute du Démon et de maman depuis la mort de Maxence. Je le cherche dans le noir en chuchotant son nom, avant de me souvenir qu'il ne me répondra plus jamais. Je suis tout seul dans la chambre, sans personne pour apaiser mes craintes. Mon cœur se serre.

Je ne pourrai jamais supporter ça sans lui.

Le Démon et maman se rejettent la responsabilité de la mort de Maxence.

— Si tu l'avais pas frappé comme ça la dernière fois, ce serait jamais arrivé !

— C'est toi qui l'as mal élevé. Si t'avais joué ton rôle de mère au lieu de passer ta vie dans ton hôtel de merde !

— Je travaille, figure-toi !

— Pour ce que ça nous rapporte !

— T'as qu'à trouver du boulot !

— Me parle pas comme ça, salope ! Tu vas voir !

Des bruits de coups, des cris étouffés, des meubles renversés, un corps qui tombe, des pleurs… La mélodie habituelle… Je sais que je laisse encore un petit morceau de mon enfance dans cette chambre et que dans ma tête, il y a un cauchemar de plus. Je mets mes mains sur mes oreilles pour ne plus rien entendre, et je pense très fort à Maxence. Dans mon cœur, il n'y a plus aucun rêve, rien que des cauchemars. Mon ciel n'est plus du tout bleu. Il est sombre, nuageux, sans aucune étoile.

Le lendemain matin, l'appartement est désert. Dans la chambre du Démon, une chaise est renversée, les rideaux sont arrachés, le lit est défait. L'heure tourne, mais ça m'est bien égal. Je n'irai pas à l'école ce matin. Ni aucun autre matin, d'ailleurs. Je veux vivre dans le ciel avec Maxence et tous les autres enfants qui ont trop de chagrin pour supporter la vie. Je veux vivre au creux d'un arc-en-ciel, sur la lune, dans une étoile, sur une autre planète. Je veux vivre ailleurs, très loin d'ici, et je veux que les gens qui me connaissent ne se rappellent surtout pas de moi.

Dans mon cartable, je glisse *Le Petit Prince* que Maxence adorait lire. Je mets aussi des feuilles et un crayon, et d'autres choses qui lui appartiennent. J'emporte mes ailes d'ange, les sous de ma tirelire. Je fouille dans la réserve de maman, là où elle met son argent, et je prends vingt euros. Tant pis, elle comprendra. Je regarde une dernière fois le lit de Maxence, notre tapis bleu, notre parapluie, notre lampe en forme de lune que le Démon a cassée et qu'on n'a pas pu réparer. Tout notre univers. Je fais le tour de l'appartement, et je m'en vais en fermant la porte derrière moi.

Adieu...

11

Je monte dans le RER et je regarde les stations défiler. J'arrive à Paris. Le ciel est plus gris que jamais. C'est un vrai ciel de novembre. Je marche tout seul, en respirant du mieux que je peux. J'achète un appareil jetable pour Maxence. Je regarde comment ça marche, et je fais des photos de Paris : des ponts, du ciel trop bas, des gens pressés, des bancs, des jardins, de tout ce qu'il aurait aimé voir. Dans les rues, des clochards regardent dans le vide. Des jeunes, des vieux. Des qui ont l'âge d'être mon grand-père. Les gens passent à côté d'eux sans s'arrêter. Parfois, ils leur donnent une pièce. Je ne comprends pas cette vie. Si Max était encore là, j'en suis sûr, il m'expliquerait. Si dans le monde il y a plein d'argent, pourquoi il y en a pas pour tout le monde ? Maxence disait que quand on devient grand, on se résigne. Il disait que le monde est mal fait, parce que quand on est enfant, on sait ce qui est normal ou pas, mais on est trop petit pour faire quelque chose, et après, quand on devient grand, c'est trop tard, parce qu'on accepte le système et qu'on ne veut plus le changer.

Je m'assois sur un banc, perdu au milieu d'un jardin. Les fleurs ont mauvaise mine parce que c'est l'hiver, mais je les trouve jolies quand même. Il n'y a personne, juste moi et toutes les pensées qui s'entrechoquent dans ma tête. Des pensées de Maxence, surtout. Je me sens très loin de ma vie, de maman, du Démon, de tout. J'ai l'impression que je n'ai jamais vraiment vécu ici. Ou alors, il y a très, très longtemps. Dans mon sac, il y a les pilules de maman. Celles qu'elle avale quand elle n'arrive pas à dormir. Parfois, elle dit que même le sommeil la fuit, et qu'elle est obligée de les prendre, parce qu'elle doit se réveiller tôt. J'ai pris aussi de l'Eau écarlate, sous l'évier de la maison. Je débouche la bouteille, je prends une grande inspiration, et je bois. C'est comme avaler du coton. Je vomis, plié en deux sur le banc. Quand je me relève, des larmes coulent sur mes joues. Et toujours ce goût ignoble… Je renverse les pilules dans ma main, et je les avale une par une.

Maxence…

Je m'allonge sur le banc. Quelques fleurs frigorifiées dansent devant moi. Je ferme les yeux. Je suis bien. Je suis en train de devenir une plume, un oiseau, un pétale de fleur. Je m'envole vers Maxence. Je sais qu'il m'attend au Pays sans Adultes. Au Pays sans Adultes, tous les rêves d'enfants sont exaucés. Au Pays sans Adultes, il pleut jamais. Au Pays sans Adultes, les nuages sont en barbe à papa, et le soleil a le goût de citron.

Soudain, des mains s'agrippent à moi et me secouent.

— Qu'est-ce qui t'arrive, petit ?

J'ouvre les yeux. Une femme est penchée sur moi.

Rien. Il m'arrive rien.

— Hé ! Réponds !

Je peux pas répondre. Je suis en train de m'envoler loin. Je suis en train de devenir un ballon, avec plein d'air dedans pour que je puisse respirer. Léger, si léger…

— Merde !… Tu peux marcher ?

Marcher ? Mais il n'y a plus rien qui marche ici. Vous n'êtes pas au courant ?

Elle me soulève. Je voudrais résister, mais je n'ai pas la force. Elle m'entraîne avec elle. J'entends sa voix. Loin, très loin.

— Ça va aller, petit. Ne t'inquiète pas.

Je sais que ça va aller, maintenant. Maxence m'attend dans un rayon de soleil. Il a réservé tout un coin du ciel, rien que pour nous. Pour qu'on s'installe sur un nuage et qu'on aide tous les enfants de tous les pays du monde.

Les bruits de la circulation me font revenir à moi.

— Taxi !

Une voiture freine.

— À l'hôpital, vite !

L'hôpital ? Non, pas l'hôpital !

J'essaye de dire quelque chose, mais je n'y arrive pas. La femme continue à parler, mais la suite de ses mots se perd dans le fracas des klaxons. On m'allonge sur la banquette.

Par la fenêtre, je vois le ciel défiler. Il est tout noir. La vie est en train de fondre. Elle coule partout, elle est très froide. Dans ma main, je sens la bride de mon cartable. Je vais l'emmener avec moi, comme ça je rendrai *Le Petit Prince* à Maxence. Il l'a oublié en partant. Je flotte. Des tas de souvenirs me reviennent par bribes. Les après-midi avec Maxence sur le travelator, surtout. Nos voyages dans plein de pays du monde. Là où on sera, tous les deux, c'est sûr, on va en voir, du pays. Maxence disait que dans notre corps, il y a une âme, et que quand on souffre, c'est parce qu'elle voudrait à tout prix s'envoler, mais qu'elle est obligée de rester enfermée. Alors elle cogne jusqu'à ce qu'on veuille bien lui ouvrir. C'est pour ça qu'il est parti, Maxence. Parce que son âme cognait trop fort. Alors il a ouvert la fenêtre pour qu'elle s'envole plus haut que le ciel. Et mon âme à moi s'est retrouvée toute seule. C'est pour ça qu'elle s'est mise à cogner. J'ai ouvert la fenêtre pour la libérer. Maintenant, nos deux âmes vont se rejoindre, et on n'en formera plus qu'une.

Maxence...

La femme m'aide à sortir du taxi.

— Ça va, petit ?

Le taxi s'éloigne. Devant moi, il y a de grands bâtiments. La femme gentille me serre très fort contre elle. Je n'arrive pas à marcher, alors je mets juste un pied devant l'autre. On entre dans un des bâtiments. Il n'y a personne. Je frissonne. Les murs s'allongent et se rétrécissent, comme un accordéon sans mélodie. J'avance encore. Tout à coup, je vois des monstres courir sur les murs, et je sursaute. Mais juste après, ça me fait rigoler. Au bout d'un moment, j'arrive plus à avancer. Je tombe par terre. Il fait froid. La femme me donne des tapes sur les joues.

— Hé, petit ! Hé, regarde-moi.

Impossible d'ouvrir les yeux.

— Reste avec moi, petit. Hé, il y a quelqu'un ?... Je reviens tout de suite.

Soudain, je m'envole loin, très loin d'ici. Mon corps de ma vie d'avant est allongé sur le sol, comme un vieux manteau abandonné. Je pense à Maxence. Ça y est, on va enfin se retrouver. Je ressens un bonheur immense. Je suis heureux, je souris.

T'as vu, Max ? Je suis venu !

Les étoiles, c'est lui qui les a semées dans le ciel, pour que je le retrouve plus vite. Là où je vais, c'est chaud et plein de lumière. Là où je vais, il y a Maxence et tous les autres enfants qui m'attendent.

Des mains s'agrippent à moi. Je suis déjà loin, mais il y a encore un fil qui me rattache à mon corps de ma vie d'avant. Ils le ramassent et ils tirent dessus.

Laissez-moi, je suis déjà parti ! Je ne veux pas venir avec vous, laissez-moi tranquille !

Ils mettent mon corps de ma vie d'avant sur un brancard, et ils l'emmènent très vite. J'entends leurs voix inquiètes, mais je ne comprends pas ce qu'ils disent. Je me concentre pour aller dans la direction opposée, mais j'y arrive pas. Ils m'entraînent avec eux. Les murs changent, ils emportent mon corps de ma vie d'avant dans l'hôpital. Tout est blanc. J'appelle Max, pour qu'il me tienne par la main, et qu'il tire très fort pour me garder avec lui.

Max ! Au secours, ils m'emmènent !

Le brancard s'arrête dans une chambre. Je vois tout au ralenti. Une femme en blouse blanche me parle comme si je pouvais l'entendre. Je distingue ses lèvres qui bougent, mais je ne comprends rien. Elle me fait un sourire. Peut-être que Maxence est là, tout à côté ! Peut-être que c'est ce qu'elle essaie de me dire ! Je sens quelque chose dans mon corps de ma vie d'avant, quelque chose qu'on est en train d'enfoncer dans ma gorge. Ça fait mal…

Laissez-moi !

Mon corps de ma vie d'avant se débat, mais des mains le plaquent en murmurant des mots impossibles à comprendre.

Max, qu'est-ce qu'ils sont en train de faire ? Max !

Je me réveille dans une chambre inconnue, une chambre avec plein de lits, et des enfants posés dessus. Je regarde autour de moi.

— Max…

Je bouge mon corps de ma vie d'avant, et je comprends brusquement que j'y suis retourné, dans ma vie d'avant. Il y a une aiguille plantée dans mon bras, avec un tuyau, et du liquide dedans. Je voudrais tout arracher, mais je n'en ai pas la force.

— Salut ! Tu t'appelles comment ?

Celui qui s'adresse à moi a le crâne rasé. Trois autres enfants le rejoignent. Ils me regardent tous avec des yeux ronds.

— Pourquoi t'es là, toi ?

Je réponds pas. Je suis pas là. Je suis avec Maxence. Je ferme les yeux et je m'envole loin, aussi loin que me le permet mon corps de ma vie d'avant. Il y a une pierre accrochée à mon âme. Une pierre qui m'empêche de voler. Une pierre qui me ramène là où je ne veux surtout pas être.

Les enfants chuchotent et retournent s'allonger sur leurs lits. Ils comprennent que je n'ai pas envie de parler. J'ai la tête lourde. Il y a trop de souvenirs à l'intérieur. Je ferme les yeux, et je m'éloigne lentement. Autour de moi, la vie se décolore. Je ne vois plus mes racines. Dans mes rêves, il y a Maxence qui me sourit.

« Je voulais te rejoindre, Max ! Je voulais, je te jure !

— C'est rien, Slimane.

— Je veux pas retourner dans ma vie d'avant. Je veux pas ! »

Maxence prend ma main dans la sienne et la serre très fort. Puis il disparaît petit à petit, comme un dessin délavé par la pluie. Quand je me réveille, je suis assis sur mon lit, les bras tendus devant moi.

— MAX !

Mon cœur tape plus fort que jamais dans ma poitrine. Il veut s'envoler loin d'ici, sortir de sa prison, mais je ne peux pas le libérer. Mon cœur est un oiseau enfermé dans une cage.

Je reviens à moi, et je croise le regard des autres enfants qui brille dans le noir. Crâne rasé s'approche de moi.

— T'as fait un cauchemar. Ça va ?

— Ouais… Ça va…

Je ne reconnais même pas le son de ma voix. C'est ma voix de ma vie d'avant, et on dirait que ça fait très longtemps qu'elle n'a pas servi. Je ne veux plus penser à rien. Je veux juste me rendormir et retrouver Maxence dans mes rêves.

Une infirmière s'approche de moi. Elle me caresse le front et arrange l'aiguille qui est dans mon bras. Elle murmure des mots très doux, et je sombre dans un sommeil lourd.

12

Trois jours passent. Maxence est partout dans ma tête. Je sais que je pourrai jamais vivre sans lui. Je sais qu'à partir de maintenant, même si je mets du sel, du sucre ou des épices sur la vie, elle n'aura plus aucun goût.

— Slimane ? Tu m'entends ?

Des cheveux blonds. Une blouse blanche. Un grand sourire.

Oui, je vous entends. Avec mes oreilles de ma vie d'avant.

— On a prévenu tes parents.

Mes parents de ma vie d'avant.

— Ta mère va venir te voir demain.

Tu parles d'une nouvelle !

— Tu sais pourquoi tu es ici ?

Oui. Je suis juste de passage. Je vais au Pays sans Adultes.

— Tu as fait une tentative de suicide.

Non. Je me suis sauvé pour avoir une chance de survivre. Pour que mon âme ne meure pas étouffée par la méchanceté et l'indifférence.

— Dès qu'il y aura de la place, on te mettra dans un service adapté.

C'est quoi, un service adapté ? Adapté à quoi ? Adapté à tous les enfants qui ont des ailes trop grandes et qui ne peuvent pas voler ? À tous ceux qui ont des rêves que les adultes cassent en mille morceaux ?

Je ferme les yeux. Je ne veux plus rien voir. Une main légère, posée sur mon bras, des pas qui s'éloignent. Quelques murmures, et le silence.

Maxence...

Quand j'ouvre les yeux, maman est assise à côté de mon lit. Elle regarde dans le vide. On dirait qu'elle est hantée par cent mille fantômes. Je voudrais me rendormir, mais nos regards se croisent. Ses yeux à elle sont tout mouillés.

— Slimane...

Dans sa bouche, mon prénom est presque à bout de forces. Ses mains s'agrippent à mon corps de ma vie d'avant.

— Slimane !

C'est les grandes marées dans ses yeux. Ça déborde de partout. Des vagues énormes et moutonneuses se fracassent contre ses paupières.

— Mon Dieu, Slimane !

Elle ne parle pas, elle murmure. Dans la chambre, les autres enfants font semblant de ne rien voir. Ils regardent ailleurs, dans la souffrance de leurs vies à eux. Maman n'arrête pas de gémir. On dirait que dans sa vie, il y a eu un grand tremblement de terre, et qu'elle est coincée au milieu des décombres. Avant, j'avais la force de l'aider. Avant, je voulais sécher ses larmes. Avant, j'étais Slimane l'Innocent, le frère préféré de Maxence.

Maman se penche en avant, pour laisser son chagrin s'écouler dans les égouts de ses pensées. Ses larmes tombent par terre. C'est un nouveau chagrin qui va former une nouvelle mer. Je la regarde, mais je ne ressens plus rien.

C'est de ta faute !

13

Je ne sais pas combien de jours passent dans la grande chambre. On retire l'aiguille que j'ai dans le bras, et on m'apporte à manger en même temps que les autres. À l'hôpital, on mange à 6 heures du soir, pile l'heure où on commençait nos devoirs, Max et moi…

À la maison, on mangeait jamais avant 9 heures ou 10 heures du soir. Tous nos pique-niques sur le tapis bleu me reviennent en mémoire. Max installait tout ce qu'on était allés chercher dans le frigo. Il me tendait une serviette et préparait tout. C'était lui et moi, seuls contre tous. Lui et moi dans notre chambre du bout du monde, porte fermée et rideaux tirés sur le Démon. Je suis envahi par mes souvenirs… Les histoires de Maxence, tout ce qu'il lisait dans les encyclopédies, les documentaires qu'il voyait, ses promesses d'une vie sans Démon, ses conseils, ses éclats de rire, la magie qu'il mettait dans tout. Maxence savait des tonnes de choses. Il me racontait des tas d'histoires. C'était mon guide dans la vie. Comme les tuteurs qu'on met sur les fleurs pour qu'elles poussent bien droit. Si je grandis, maintenant, c'est sûr, ce sera de travers.

Dans mon assiette, il y a quelque chose qui ressemble à une omelette, mais c'est même pas une vraie omelette. C'est juste un truc un peu jaune qui ressemble. La salade a l'air très malade et le flan à la vanille ressemble aux cuisses de notre voisine du dessous. Ça bougeait pareil quand elle marchait dans la rue.

L'infirmière qui s'occupe de nous le matin est très gentille, dans le genre délicate.

— Viens avec moi, Slimane. Je t'emmène à ton rendez-vous chez le psychiatre.

— Chez qui ?

— Le psychiatre. C'est un médecin spécialiste des maladies mentales.

— Quel genre de maladies mentales ?

— Il s'occupe des gens qui ne vont pas bien.

— Il y en a beaucoup, des gens qui vont pas bien ?

— Il y en a, oui. On y va ?

— Il s'appelle comment ?

— Docteur Brown. Sa mère est américaine.

Brown, ça me fait penser à brownies. Un truc trop sucré au chocolat, avec des noix dedans.

Je la suis dans les couloirs. On arrive devant une porte blanche avec écrit dessus, en gros : Dr Brown. Je m'assois et j'attends bien sagement le spécialiste des maladies mentales.

La porte finit par s'ouvrir. Une jeune femme me fait signe d'entrer. Faux cheveux blonds, comme maman, grand sourire et décolleté. Maxence, il aurait juste dit : look pouffe. Je rentre dans un grand bureau. Il y a une deuxième pouffe, brune cette fois. Les deux pouffes entourent le docteur Brown. Il se lève pour me serrer la main. Une main molle, comme le flan à la vanille d'hier.

— Assieds-toi. Mes deux collaboratrices vont assister à l'entretien. Elles sont en formation.

J'ai envie de demander en formation de quoi, mais je m'en fiche pas mal. Brownies, c'est un vrai connard. Le genre champion du monde de connardise. Il se croit dans une série télé, avec ses cheveux gominés et son teint bronzé.

— Tu sais pourquoi tu es ici ?

— Ici… Sur terre, vous voulez dire ?

Réplique à la Maxence. Il a l'air un peu surpris. Il ricane, et les deux pouffes avec.

— Non ! Ici, à l'hôpital.

— Non, j'en sais rien.

Je joue au con, mais je suis sûr de perdre. Maxence, il disait qu'il fallait jamais jouer au con avec un vrai con, parce qu'on n'avait aucune chance de gagner.

— Tu as fait une TS.

— Une quoi ?

Il jette un regard en biais aux deux pouffes qui se tortillent sur leur chaise. Ça les fait rire. Moi, je vois vraiment pas ce qu'il y a de drôle.

— Une tentative de suicide, dans notre jargon.

Je réponds pas. Je regarde ailleurs.

— On va te garder encore un peu avec nous.

— Non, je ne veux pas rester ici !

Je suis désespéré, mais ils continuent quand même à rire.

— Tu ne seras plus avec les autres, je te le promets. On va te donner une grande chambre, rien que pour toi, avec un grand lit et une vraie salle de bains. Tu pourras rentrer chez toi très vite.

L'hôpital ou chez moi. Tu parles d'un choix ! De toute façon, il n'y a plus un seul autre endroit sur cette terre où j'aie envie d'aller.

Brownies continue à poser des questions, pendant que les deux pouffes prennent des notes. Je réponds à moitié. Je suis complètement ailleurs. Quand je me sens mal, je pense très fort à Maxence, et ça fait comme un écran entre le monde et moi. Plus rien ne me touche. Brownies et ses deux pouffes, ils deviennent de plus en plus petits, comme si j'étais en train de prendre l'avion, et que je m'élevais loin, très loin d'ici.

En attendant que la chambre où Brownies veut me mettre se libère, on me ramène dans la grande chambre avec les autres enfants. Ils sont gentils, mais ils veulent toujours discuter. Moi, j'ai pas envie de parler, alors je leur réponds presque pas, et ils finissent par me laisser tranquille. Et puis un jour, c'est le grand jour. Maman m'accompagne dans le bureau d'un nouveau psychiatre, le docteur Schwartz. C'est lui qui est chargé du transfert de chambre. Il est brun, avec des petites lunettes, et il a l'air vachement angoissé pour un spécialiste des maladies mentales. Peut-être qu'à force de les étudier, il a été contaminé. Il a plein de tics bizarres, et on a vraiment envie qu'il nous raconte son enfance, parce qu'il a sûrement vécu des trucs terribles pour être comme ça. Il pose des questions à maman, sans jamais la regarder.

— Votre fils dort la table de nuit collée au lit ?

— Heu… il n'a pas de table de nuit.

Schwartz est surpris parce que c'est une réponse qui ne figure pas dans ses livres de psychiatre des maladies mentales.

— Il n'a pas de table de nuit ?

Maman regarde par terre, gênée.

— C'est-à-dire que… mes fils dorment dans la même… dormaient dans la même chambre, et il n'y avait pas la place.

— Très bien. Mais en imaginant qu'il y aurait eu une table de nuit, il l'aurait collée au lit ?

Maman se tord les mains. Je sais exactement ce qu'elle ressent dans ces moments-là. Elle se sent misérable, elle pense qu'elle est stupide simplement parce qu'elle n'a pas fait d'études. Les questions de cet abruti la complexent à mort. Je réponds à sa place.

— Non. Si j'avais eu une table de nuit, je l'aurais mise en plein milieu de la chambre, très loin du lit. Peut-être même dans le couloir ou dans la cuisine.

Il me regarde, atterré, et il écrit dans son cahier. Après, il dit des mots effrayants à maman, des mots pour rendre nerveux. Il lui dit que si ils me gardent pas à l'hôpital, je vais recommencer à me tuer, que je présente un grand danger pour moi-même, ce genre de choses. Maman est pétrifiée, elle n'a pas d'autre solution que de laisser mon corps et mon âme en dépôt. Mais moi, je sais que le plus grand danger qui me guette, c'est pas du tout ce qu'on croit. Le plus grand danger qui me guette, c'est le Démon avec ses mains qui s'écrasent sur moi. C'est le monde des adultes, dans lequel on m'oblige à rester.

— Dis au revoir à ta mère, Slimane.

Schwartz met du sucre sur sa voix pour la rendre plus douce, mais si j'ouvrais son cœur avec un bistouri, je trouverais rien que des orties et des ronces. Maman baisse la tête. Sur ses faux cheveux blonds, il y a des grandes racines toutes noires. C'est la vraie vie sous les artifices. Sous ses yeux, les poches sont encore plus grosses qu'avant, parce qu'elle a rajouté des nouveaux chagrins dedans.

— Slimane…

La voix de maman se perd dans un silence pesant. Je n'ai rien à lui dire. Je baisse juste la tête pour voir mes pieds dans les baskets de Maxence. Elle me serre contre elle, mais je n'ai aucune réaction. Je me laisse faire sans bouger, comme si j'étais à des milliards de kilomètres.

— Je viendrai te voir dès que je pourrai.

Je la regarde fixement.

C'est de ta faute !

Un dernier regard, comme un coup de poignard dans son cœur. J'avance à côté de Schwartz dans un couloir tout blanc, qui ressemble à un paradis désinfecté, sans aucun ange. Dans ma gorge, il y a une boule aussi grosse qu'un caillou, une énorme pelote de laine. Si je tire sur le fil, je vais entièrement me détricoter. Dans ma gorge, il y a tout ce que j'aimerais dire à Maxence. Je voudrais que le chagrin soit effervescent, comme ça je verserais de l'eau dessus, et je le regarderais se dissoudre lentement.

Une enfilade de portes verrouillées, des murs glacés… Schwartz continue à avancer. Il finit par s'arrêter devant une porte fermée à clé. Il l'ouvre et me fait entrer. Une infirmière m'accueille avec un sourire.

— Bonjour, Slimane. Tu viens avec moi ?

Elle m'entraîne avec elle. Je me retourne juste à temps pour voir Schwartz refermer la porte derrière lui. L'infirmière s'arrête devant une chambre, elle aussi fermée à clé. Elle l'ouvre et me fait entrer. Ça ressemble à une cellule de prison, avec le lit collé au sol et des barreaux devant une minuscule fenêtre. La porte de la salle de bains est fermée à clé.

— Tu feras ta toilette ici, en présence des infirmières, et tu pourras te doucher deux fois par semaine.

Un poids gigantesque tombe sur moi et m'écrase.

— Mais... Le docteur Brown m'avait dit que j'aurais une grande chambre rien que pour moi. Une grande chambre avec un grand lit et une vraie salle de bains...

Elle me lance un regard triste. Je suis paniqué.

— Pourquoi le lit est accroché par terre, comme ça ? Et pourquoi la porte de la salle de bains est fermée à clé ?

— C'est pour t'empêcher de te suicider. Tout va bien se passer, Slimane, tu verras. Tu t'habitueras.

Elle pose une main sur mon épaule, avant de s'éloigner. La clé danse dans la serrure. Les larmes débordent de mes yeux et coulent sans s'arrêter. Je suis retenu en otage, sans aucune demande de rançon. Je suis prisonnier tout seul, sans Maxence, d'une vie plongée dans le noir. Je me jette sur le lit collé au sol, et je pleure sans pouvoir m'arrêter. Sur la porte de la chambre, il y a un carré transparent, pour que les infirmiers puissent voir tout ce que je fais. Deux yeux inconnus se découpent à l'intérieur. Deux yeux sans aucune expression particulière, qui vérifient simplement que je suis en vie.

À l'heure du repas, on vient me chercher et on me fait asseoir sur une chaise, autour d'une table. Un type qui a au moins six ans de plus que moi mange une orange. De la bave coule de sa bouche. Son regard est planté dans le mien, comme un couteau suisse, et un vent de folie cavale sur ses pupilles fiévreuses. L'infirmière a l'air nerveuse.

— Ne le regarde pas, Slimane.

Mon regard se scotche sur le mur. J'entends le temps passer. Le type continue à me regarder fixement. Soudain, l'infirmière se lève et m'entraîne vers ma chambre.

— Il vaut mieux que tu t'éloignes parce qu'il risque de te frapper.

Je ne réponds rien. Je me sens juste encore un peu plus seul. On m'apporte à manger dans ma chambre. Un genre de blanc de poulet avec de la purée, et des couverts en plastique pour que je ne puisse pas m'ouvrir les veines avec. Je suis surveillé par l'infirmière. Je mets lentement un bout de faux poulet dans ma bouche, et je me force à le mâcher. Mais j'y arrive pas, et je recrache tout en pleurant.

— Il faut que tu manges, Slimane.

— …

— Il faut que tu fasses des efforts qui nous montrent que tu as envie de vivre.

Je me mouche et j'essaye de parler entre deux sanglots.

— Mais c'est même pas du vrai poulet !

— Si tu fais des efforts, on en fera aussi et tu sortiras plus vite d'ici.

Sortir pour aller où ? Je repense aux cachets, à l'Eau écarlate, et au corps de Maxence qui se balance dans la chambre, juste au-dessus du tapis bleu.

La vie, c'est pas pour les enfants.

14

Le soir, je me brosse les dents en présence de l'infirmière. Elle reste avec moi pour être sûre que je vais pas me noyer dans le lavabo. Si je le pouvais, je disparaîtrais dedans, je me laisserais glisser dans les tuyaux et je me jetterais dans la mer. Ensuite, je nagerais jusqu'à ce que je retrouve Maxence. Il n'y aurait plus jamais de barreaux, de portes fermées à clé, ou de lits accrochés au sol.

Je me couche au ralenti, tétanisé, au fond d'un lit que je ne connais même pas, loin de Maxence, loin de tout. Un visage se découpe dans le carré transparent de la porte. Je tourne la tête vers le petit carré de ciel, caché derrière les barreaux de la fenêtre. Je pense à maman. Mon cœur se gonfle. Elle doit errer dans l'appartement, avant de s'échouer dans notre chambre. Toucher les habits de Maxence, lui parler en chuchotant, tout faire pour croire qu'il va débarquer avec son sourire plus grand que le ciel. Elle doit penser à moi, aussi. Au petit Slimane au cœur tendre, qui a perdu celui qu'il aimait le plus au monde. Je pense à maman, toute seule avec le Démon, en train de se faire disputer et frapper. Maman avec du sang sur ses faux cheveux blonds, sa lèvre ouverte, ses yeux au beurre noir.

C'est de ta faute !

Je secoue la tête pour que mes pensées tombent par terre. Je ne veux pas penser à elle.

C'est de ta faute !

Je cherche la lune, mais le ciel est complètement noir. La voix de Maxence résonne dans ma tête.

« Slimane, si tu te concentres vraiment, tu peux t'envoler n'importe où dans le monde. »

Je grimpe sur un travelator imaginaire, et je vais au Japon, en Inde, au Brésil, sur la lune et dans un nuage aussi. Je me réchauffe sur le soleil, je fais du toboggan sur une étoile. Je voyage sur toutes les planètes du monde pour retrouver Maxence. J'irai dans toutes les galaxies pour le retrouver, même dans celles qui n'existent pas.

Ici, les jours ne ressemblent à rien. Des blouses blanches m'escortent pour que je traverse la vie en restant indemne. La toilette, la douche, le petit déjeuner, l'attente, les portes fermées à clé, le déjeuner, l'attente, les séances avec le psychiatre, l'attente, le dîner, le ciel à travers les barreaux. Et jamais de lune pour éclairer mes nuits. La vie ici, elle est désinfectée. J'ai l'impression qu'on a enlevé ma peau J'ai le cœur qui saigne. Je suis à vif, la vie me brûle. La tristesse dépose du sable dans mon sang, et elle l'empêche de couler.

Maxence…

15

Le docteur Yves Lemoine, c'est un vrai psychiatre. Pas un comme Brown ou Schwartz. Lui, il a l'air vraiment sérieux. Sur ses joues, il y a des grosses cicatrices profondes, comme si la vie lui avait roulé dessus en 4 × 4. Le docteur Yves Lemoine, il a vraiment l'air de vouloir comprendre pourquoi des enfants de onze ans rêvent de s'envoler très loin d'ici, pour planer au-dessus des nuages. Je suis assis en face de lui, et il me regarde gentiment.

— Comment ça se passe, Slimane ?

— Ça se passe.

— Et alors ? Comment tu te sens ?

— Je me sens pas.

— Et la chambre, les infirmières, les autres jeunes ?

— On est en prison. Les adultes nous retiennent en otages.

— Je voudrais vraiment que tu me parles, Slimane.

— Mais on se connaît même pas ! Qu'est-ce que vous voulez que je vous dise ?

— Ce que tu as sur le cœur.

— Non, ça, je peux pas, parce que si je vide mon cœur et que je pose tous mes chagrins ici, ça va déborder de partout.

Le docteur Yves Lemoine, quand il sourit, il y a des fossettes qui viennent rejoindre ses cicatrices, et il ressemble à l'enfant qu'il a dû être avant, il y a très, très longtemps.

— Ce bureau est étudié pour. Donc même si ça déborde un peu, ça restera sous contrôle.

— Je sais pas quoi vous dire. J'ai rien à vous dire.

— Slimane, je tente simplement de comprendre.

— Comprendre quoi ?

— Pourquoi tu as voulu mourir.

— Et vous cherchez toujours à comprendre les choses ?

— Disons que c'est mon métier.

— Alors, pourquoi les gens sont malheureux ? Pourquoi ils se tapent dessus ? Pourquoi il y a des gens qui mettent des bombes dans des métros ? Pourquoi il y en a qui se droguent ? Pourquoi les adultes polluent tellement la terre qu'elle va finir par exploser ? Pourquoi les gens meurent ? Pourquoi ils sont malades ? Et pourquoi des enfants sont violés et assassinés ? Pourquoi ?

Il me regarde sans rien dire.

— Vous voyez ? Vous savez pas. Alors pourquoi vous portez une blouse blanche ?

Derrière les portes fermées à clé des hôpitaux, il y a beaucoup de jeunes avec des vies entre parenthèses, des points de suspension, et même des points finals.

Dans mon service, ils sont tous plus âgés que moi. On se croise, mais on se parle pas beaucoup. Ici, tout est tellement blanc que ça fait presque mal aux yeux. Peut-être que je suis vraiment mort. Je me sens seul à crever. Je vais mourir, sans même avoir besoin d'avaler des cachets. C'est la solitude qui va me tuer. Dans la chambre en face de la mienne, il y a un type qui a l'air un peu moins barré que tous ceux qu'on a entassés là. Il s'approche de moi et il me fait un genre de sourire, avec juste la moitié de sa bouche. J'aime bien son sourire, parce que l'autre moitié de son visage, elle reste triste.

— Tu t'appelles comment ?

— Slimane.

— T'es arabe ?

— Non.

— Pourquoi tu t'appelles Slimane alors ?

— Parce que ma mère avait envie de voyager.

— Mais t'es quoi ?

— Je suis paumé.

— Ah ! T'inquiète, c'est pauméland, ici. Le pays des paumés. Au moins, t'as pas besoin de demander un visa.

Moi, je veux pas vivre à pauméland. Je veux qu'on me laisse sortir d'ici. Je veux vivre avec Maxence, au Pays sans Adultes.

— Et toi, tu t'appelles comment ?

— Ici, on m'appelle Pitbull, parce que je me suis déchiqueté l'avant-bras avec mes dents.

— …

— Tu veux voir ?

— Ben non, pas…

— Tiens, vise un peu ça.

Pitbull remonte un peu son sous-pull, et il me montre son avant-bras. Les marques de dents et les bouts de peau sur son bras me donnent envie de vomir.

— Mais pourquoi t'as fait ça ?

— Hein ? J'en sais rien. C'est pour ça que je suis ici.

Il me fait son demi-sourire. Je vois ses dents, à droite, qui brillent sous les néons. J'ai peur qu'il me les plante dans le cou comme un vampire, alors je lui fais un signe et je m'éloigne en me forçant à ne pas courir.

Deux fois par semaine, on m'emmène dans le bureau du docteur Yves Lemoine. Sur le mur, il y a des photos d'autres pays. Surtout des photos de mers, avec du sable tout blanc. Est-ce que si je posais mes mains dessus, je me retrouverais à l'intérieur de ces photos, comme Mary Poppins ?

— Comment vas-tu, Slimane ?

— Vous voulez dire, depuis la dernière fois qu'on s'est vus ?

— On peut commencer par là !

— Il s'est rien passé de particulier. Des douches, des dents brossées sous surveillance, des déjeuners nazes, des dîners nazes. Le ciel est retenu en otage derrière les barreaux.

— De quoi as-tu envie de me parler ?

— De rien. Je me sens trop triste.

— Tu ne veux pas me dire à cause de quoi tu es tristc ?

— Je suis triste à cause des gens trop malheureux qu'on voit à la télé, des enfants de plein d'autres pays du monde qui ont même pas à manger, de toutes les mauvaises nouvelles qu'on entend tous les jours de la vie, des 16 119 espèces animales en voie de disparition qu'on a vues un jour dans un journal, Maxence et moi, à cause de toutes les méchancetés vilaines que les êtres humains se font les uns aux autres, à cause que tout le monde a l'air de trouver tout ça normal, à cause de la vieillesse des personnes âgées, de l'arthrose qui fleurit sur les doigts des personnes et surtout sur ceux du père de Nouredine, à cause de comment je voudrais communiquer avec les autres mais que j'y arrive pas parce qu'on vit tous dans des corps beaucoup trop séparés, à cause que j'aimerais bien pouvoir voler mais que je suis cloué au sol avec mes ailes qui servent à rien, et je pourrais continuer comme ça pendant des jours et des jours.

Le docteur Lemoine passe la main sur son visage chiffonné, et il pousse un très gros soupir.

— Je vois… Et il y a d'autres sujets que tu aimerais aborder avec moi ?

— Non.

— Tu veux qu'on parle de ton frère ?

— Non !

— Pourquoi non ?

— Comment vous savez… ? Qu'est-ce que vous savez de… ?

— Je sais qu'il s'est suicidé.

— C'est pas vrai ! Il s'est pas suicidé !

— Raconte-moi…

Sa voix me fait penser au miel que le Démon laissait couler sur ses tartines, quand il prenait son petit déjeuner en costume dans la cuisine, avant d'aller au travail.

— Raconte-moi, Slimane…

— Il s'est juste envolé, c'est tout.

— Il s'est envolé où ?

— Au Pays sans Adultes.

— C'est quoi, le Pays sans Adultes ?

— C'est un pays qui appartient aux enfants. Un pays où il y a jamais rien de mal qui se passe.

— Pourquoi voulait-il aller au Pays sans Adultes ?

— …

— Pourquoi, Slimane ?

C'est la première fois de ma vie que quelqu'un pose encore plus de questions que moi.

— Pourquoi vous posez autant de questions ?

— Parce que c'est mon métier.

— Ah ! C'est un genre de déformation professionnelle ?

— C'est ça. Tu ne veux pas répondre ?

— Et vous ? Vous parlez jamais de vous ?

— À qui ?

— Aux gens qui vous parlent.

— Je ne crois pas que ce soit mon rôle. Je suis là pour les écouter.

— Moi, je crois que ça rendrait moins méfiant si vous parliez un peu de vous.

— …

— C'est vrai, quoi ! C'est louche quelqu'un qui vous questionne sans jamais rien dire sur lui.

— Très bien. Que veux-tu savoir ?

— Vous n'avez jamais eu envie de vous envoler ?

— Pour aller où ?

— Vous n'avez jamais eu envie, sinon vous sauriez où.

— Quoi d'autre ?

— Vous avez vécu dans une vraie famille ?

— C'est quoi, une vraie famille ?

— Une famille avec un vrai père et une vraie mère.

— C'est quoi, pour toi, un vrai père et une vraie mère ?

— Un vrai père, il met des beaux habits pour aller travailler le matin, et il fait des sourires à la vie pour la remercier de lui avoir donné une gentille famille. Un vrai père, il crie jamais, et il lève pas la main sur sa femme et ses enfants.

— Et toi, Slimane, tu as un vrai père ?

— Vous voyez ? Vous jouez pas le jeu.

Je me lève et je me dirige vers la porte. Sa voix se faufile dans mes oreilles.

— J'avais un vrai père. Mais il est mort quand j'avais douze ans.

Je me retourne vers lui, et mes yeux qui ne savent même pas nager plongent dans les siens.

— Des fois, ça vaut mieux.

Je ne peux plus partager mes chagrins avec personne. Avant, il y avait Maxence, plus fort que le Démon, plus fort que tous les coups de poing du monde. Il me regardait, et dans ses yeux, je voyais des tas de paysages. J'avais même pas besoin de parler. On se regardait et on montait ensemble, très haut, très loin. Et le Démon disparaissait de nos pensées. Maxence, il savait toujours exactement ce que je ressentais, et il me comprenait mieux que je me comprenais moi-même. C'était mon seul ami, la seule personne qui comptait pour moi. La seule personne qui me faisait supporter la vie. Parfois, je sens qu'il est là, tout près. Je tends la main et j'ai l'impression de le toucher. Mais d'autres fois, il n'est plus là pour de vrai, et je dois m'asseoir pour supporter ce choc inouï. Je ferme les yeux, et je vois les siens briller dans le noir. Ses yeux fiévreux, qui cherchaient toujours au-delà des choses. Ses yeux bleus qui mettaient des gouttes d'infini dans tout ce qu'ils voyaient. Je pourrai jamais vivre sans lui. Je suffoque, j'arrive plus du tout à respirer, j'ai l'impression de tomber dans un grand trou noir. C'est comme si quelqu'un éteignait toutes les lumières du ciel.

Maxence...

16

Un mois complet s'est écoulé depuis qu'on m'a déposé devant l'hôpital, le cœur à moitié dans les étoiles. Ce matin, le docteur Lemoine m'accueille avec un grand sourire. Un sourire encore plus grand que d'habitude.

— J'ai une bonne nouvelle : on va te changer de service. Tu vas aller dans un service de pédopsychiatrie allégé.

— Allégé comme les yaourts qu'on voit à la télé ?

— En quelque sorte. Il n'y aura plus de porte fermée à clé, plus de lit attaché, et beaucoup moins de surveillance. Et il y aura des enfants de ton âge.

— Ça a l'air bien, présenté comme ça, mais… je vais rester là combien de temps ?

— Le temps que tu aies envie de vivre.

— Avoir envie de vivre, ça s'attrape comment ? Comme une maladie ?

— Non. Ça s'attrape en comprenant pourquoi on n'a plus envie de vivre.

Le Démon passe devant mes yeux. Je les ferme pour le chasser de mes environs.

— Je pourrai récupérer mon cartable ?

— Oui !
— On se verra toujours ?
— Bien sûr ! On viendra te chercher demain matin.

Je retourne dans ma chambre. Je la regarde d'une autre manière. C'est ma dernière nuit en prison. Juste avant de m'endormir dans mon lit cloué au sol, j'aperçois une petite étoile qui tangue dans le ciel, à travers les barreaux.

Maxence...

Le lendemain matin, une infirmière vient me chercher. Je traverse la salle à manger. Les autres sont assis et me regardent passer avec leurs yeux éteints. Pitbull se lève et s'approche de moi.

— Tu t'en vas ?
— Ouais... Enfin, je m'en vais pas vraiment. Je vais juste dans un autre service.
— Tu vas me manquer.
— Ouais, toi aussi.
— Tu te rappelleras de moi, hein ?
— Bien sûr !
— Parce que nous, on vit derrière des portes fermées, alors si personne se rappelle de nous, c'est comme si on n'existait pas.
— ...
— Tu pourras pas venir me rendre visite, mais si tu penses à moi de temps en temps, ça me fera me tenir debout.
— Je penserai à toi. Je te le jure.

Soudain, sans prévenir, Pitbull me prend dans ses bras. Ma tête lui arrive à peine à la poitrine. Il me serre tellement fort que j'ai l'impression que je vais étouffer.

Il s'accroche à moi comme si j'étais un genre de radeau, dans une mer infestée de requins.

— Putain Slimane, tu vas me manquer !

Je me dégage de lui doucement. Dans ses yeux, il y a de la rosée. La même qu'il y a sur les fleurs, quand elles se réveillent le matin. Je lui fais un signe de la main. Nos yeux, qui ont vu les mêmes choses, se percutent en plein vol. C'est des yeux d'enfants qui ont vu la vie en face, quand elle enlève ses beaux habits et qu'elle se déshabille dans l'obscurité. Des yeux d'enfants assaisonnés au beurre noir. On tourbillonne longtemps, puis l'infirmière me tire par le bras. J'avance lentement, en me retournant tous les quatre pas pour regarder Pitbull. Quand j'arrive devant la porte, il me fait son demi-sourire avec ses dents de vampire. Le côté gauche de son visage rayonne, mais le droit est encore plus triste que d'habitude. Je lui fais un signe de la main. Un dernier regard, la porte se referme sur lui…

Je traverse le couloir. J'ai envie de courir pour me sauver le plus loin possible de la chambre à barreaux. On m'a rendu mon cartable, avec mes ailes d'ange, *Le Petit Prince* et les photos que j'ai prises avec le jetable. Dans mon cartable, il y a nos souvenirs de notre vie d'avant. Des morceaux de Maxence qui dansent autour de moi.

17

Dans mon nouveau service, les portes ne sont pas fermées à clé. On me fait entrer dans une chambre. Les deux lits ne sont pas attachés, il n'y a pas de barreaux sur la fenêtre, et la porte de la salle de bains est grande ouverte. Je pose mes affaires.

— La première semaine, tu dormiras avec Antoine. Il a ton âge. Il ne parle pas, mais il est très gentil, tu verras. Ensuite, tu auras une chambre pour toi tout seul.

Je m'assois sur le lit. Sur la gauche, il y a une grande fenêtre. Le ciel est hypergris, mais je m'en fiche, parce qu'il n'est pas derrière des barreaux. Il est libre.

Je dors avec Antoine, le petit garçon qui crie. C'est comme ça que tout le monde l'appelle.

— Pourquoi tu cries ?

Il crie. Pas très fort, mais il crie. Les mots n'arrivent pas à se former dans sa tête, alors il ne peut pas parler. Qu'est-ce qui lui est arrivé ? Quelqu'un a dû entrer de force dans sa vie et lui faire du mal. Quelqu'un a dû lui donner des coups de pied et changer le rythme des battements de son cœur.

— Qu'est-ce qu'on t'a fait, petit garçon ?

Il crie. Pas très fort, mais il crie. Et à force, plus personne ne se fait de souci. C'est le petit garçon qui crie. C'est normal, c'est comme ça. Et puis un jour, on l'emmène. J'ai beau demander, personne ne fait attention à moi. Ils emportent le petit garçon qui crie. Dans la chambre, il n'y a plus aucune trace de lui. Parfois, je tends l'oreille pour savoir si il crie encore, là où il est, mais j'entends rien d'autre que le silence, ou le bruit des chariots sur le sol tout blanc. Peut-être que sa famille est sur une autre planète, et qu'il crie pour qu'ils le retrouvent. Peut-être qu'il émet des ultrasons, comme les dauphins, pour que quelqu'un sache enfin où il est.

Ici, je suis le plus petit. Les autres ont tous au moins deux ans de plus que moi. Il y a Romain, Sabrina, Mathias, Florian, Mélodie et Charline. Et il y a Valentine, aussi. Mais elle, je l'ai encore jamais vue. Elle mange pas, alors elle a pas le droit de sortir de sa chambre. Romain l'a vue passer une fois dans le couloir et il a dit qu'elle est tellement maigre qu'elle est presque transparente. Romain a quatorze ans. Certaines fois, il est complètement dans la lune, et d'autres fois, il est très en colère. Il marche dans le couloir, en long, en large et en travers, les poings serrés. Et il marmonne. Moi, quand il est comme ça, je l'évite, parce que j'ai pas envie qu'il me prenne pour cible. Je préfère quand il est dans la lune. J'y vais souvent, dans la lune, alors j'ai mes repères. Quand il est comme ça, ses yeux, on dirait qu'ils sont remplis de sable, comme les photos de mer, dans le bureau du docteur Lemoine.

— Romain ?

Il tourne la tête vers moi. Je lui laisse le temps de revenir de la lune. Ses yeux atterrissent dans les miens, et il me fait un genre de sourire. Pas aussi beau que celui de Pitbull, mais bien quand même.

— Pourquoi t'es ici ?

— Je suis dépressif.

— Ça veut dire quoi « dépressif » ?

— Ça veut dire que je souffre vachement.

— Pourquoi tu souffres ?

— Les cours, mes parents, tout ça.

— Quoi tes parents ? Ils s'entendent pas ?

— Non. Ils se sont séparés, et j'ai pas supporté.

— Ah bon ? Mais pourquoi ?

— Ben parce que j'aurais préféré qu'ils restent ensemble !

— Mais pourquoi ?

— Eh ! Ça va dans ta tête, ou quoi ? Des parents, c'est fait pour être ensemble !

Je dis rien parce que pour moi, des parents, c'est fait pour se séparer. Romain a bien de la chance que ses parents ne soient plus ensemble. Maxence, il a demandé des milliers de fois à maman de quitter le Démon. Si elle l'avait écouté, il serait encore là. J'ai envie de pleurer, mais je veux pas que Romain me voie comme ça, alors je cours dans ma chambre, et je referme la porte derrière moi pour que mon chagrin reste un secret. Pour que personne ne sache que j'ai trop de peine pour supporter la vie.

Ce que je préfère, c'est regarder le ciel. Maxence disait qu'il fallait toujours lever la tête et ne jamais regarder en bas. Il disait qu'il fallait rêver plus fort que le Démon, plus fort que tout. Que si nos rêves étaient assez grands, un jour ils monteraient jusqu'au ciel et qu'ils seraient exaucés. Le soir, quand je m'endors, je pense très fort à mon rêve le plus cher : revoir Maxence. J'y pense tellement que ça me fait mal à la tête, mais je tiens bon. Au bout d'un moment, j'ai l'impression que mon rêve existe vraiment, et c'est comme si je le voyais s'élever devant moi, et s'envoler très loin. Un jour, je reverrai Maxence, et ce sera comme si on s'était jamais quittés. Un jour, il se sera jamais rien passé de triste dans nos vies. Un jour, il n'y aura plus jamais de Démons.

18

Sidonie est infirmière, et elle s'occupe vraiment bien de nous. Il y avait sûrement un soleil dans le ventre de sa mère, parce que sa peau est toute cuivrée. Ses cheveux changent souvent. Des fois ils sont courts, des fois longs, et surtout, ils sont de plein de couleurs différentes. Sidonie, c'est une magicienne. Quand elle fait des nattes à ses cheveux, on dirait même pas que c'est des vrais êtres humains qui les ont faites, tellement il y en a.

— Sidonie, pourquoi vos cheveux sont différents des miens ?

— C'est les tiens qui sont différents des miens !

— …

— Regarde-moi, et regarde-toi. Tu remarques rien ?

— Ben non, pas vraiment.

— Alors il faut que je te paye une paire de lunettes et un chien d'aveugle ! Je suis noire, et tu es blanc !

— Et alors ?

— Alors on est différents ! Et on n'a pas les mêmes cheveux.

— Je peux les toucher ?

— Tu as les mains propres, au moins ?

— Bien sûr ! Vous me prenez pour qui ?

Elle hésite, et puis elle baisse la tête. Je tends la main et je la passe dans ses cheveux. Ils sont tout rêches, un peu comme l'éponge grattoir que maman laisse en bas de l'évier. Les cheveux de Sidonie, on dirait une matière mystérieuse, avec plein de secrets dedans.

— Bon, t'as bientôt fini ?

— J'aime bien les toucher.

— Allez, ça suffit.

Elle se relève et remet ses cheveux en place.

— Sidonie, pourquoi vous êtes une infirmière ?

— C'est quoi, cette question ?

— Ben quoi ? C'est une question, c'est tout !

— …

— Vous voulez pas répondre ?

— Je suis infirmière pour soigner les gens, figure-toi.

— Non, ça, c'est la fonction. Je vous demande pourquoi vous avez choisi ce métier.

— T'as pas la langue dans ta poche, toi.

— Heureusement, parce que mes poches sont toutes trouées.

— Je suis infirmière parce que je veux sauver le monde.

— Le monde entier, ou juste une partie du monde ?

— Si possible, le monde entier. Mais j'ai décidé de commencer par les Slimane.

— Ça, ça m'étonnerait. Ils ont même pas besoin d'être sauvés, les Slimane.

— Eh ben, je vais les sauver quand même.

— Bon, d'accord. Mais en attendant, vous pourriez pas dire aux gens de la cuisine d'arrêter de nous servir ces boulettes de viande dégoûtantes ?

Elle éclate de rire, et je vois ses dents blanches jaillir de sa bouche.

— Je vais voir ce que je peux faire.

19

Impossible de dormir, ce soir. Je pense à Maxence, à maman, au Démon et à ma vie d'avant. Sans Maxence, je dois tout réapprendre. Je voyais la vie avec ses yeux à lui. Maintenant, je suis aveugle, je vois plus rien du tout. Max, il trouvait des fleurs dans les poubelles, et il peignait le ciel de plein de couleurs différentes. Moi, je sais pas faire ça. Dans les poubelles, je vois rien que des ordures, et je sais pas changer la couleur du ciel. Je suis comme les gâteaux qu'on nous donne pour le goûter. Si on me serre trop fort, je finis en mille morceaux de miettes. Max, quand il est parti, il a oublié de me laisser sa baguette magique. Il en avait sûrement besoin, là où il allait. Je ferme les yeux, mais j'ai l'impression que mes pensées vont m'engloutir. Alors je les laisse bien ouverts. Je me lève, et je marche jusqu'à la fenêtre. Je vois un morceau de lune, grignoté par un nuage. J'essaye d'ouvrir la fenêtre, mais j'y arrive pas. Je cherche un fil de fer, et je la déverrouille, comme Max m'a montré un jour. Un vent frais s'engouffre et me fait frissonner. Je me penche, et je respire bien fort, la couverture du lit enroulée autour de moi. À droite, je remarque une corniche que j'avais jamais vue. Ma chambre donne sur le toit. Je m'habille sans faire de bruit, j'avance sur la corniche et j'arrive dans un renfoncement du toit. Je m'assois sur un petit bitoniau, dans un renfoncement, et j'observe les environs. Au loin, je vois Paris, avec ses lumières un peu mauves. Maxence disait que c'est à cause de la pollution. Une fois, on a vu un documentaire qui expliquait que la Terre est en train de s'assombrir. Que les nuages sont pollués et que c'est eux qui sont responsables des famines. Que la sécheresse en Afrique, c'est à cause des pays industrialisés. Maxence, il a écouté tout ça, et après, il a réfléchi longtemps. Dans le reportage, ils expliquaient pas ce qu'il fallait faire pour nettoyer les nuages. Je me suis dit que si j'avais un filet de pêche, je pourrais les attraper et les nettoyer, comme on fait avec les oiseaux quand il y a une marée noire. Après, j'ai pensé que c'était peut-être à cause de ça que les nuages pleurent, parfois. C'est parce qu'ils étouffent à cause de la pollution. Maxence lisait plein de trucs sur la pollution. Il disait souvent que si on ne réagissait pas très vite, on allait tuer la Terre. Qu'il fallait impérativement réduire les émissions. Au début, je croyais qu'il parlait des émissions à la télé, mais après, il m'a expliqué qu'il voulait dire les émissions de gaz carbonique.

Je regarde les nuages. Je compatis à leurs malheurs. Ils s'éloignent, et des étoiles apparaissent dans le ciel. Je leur parle, à elles et à Maxence. Je sais qu'il y a une autre réalité que celle qu'on voit. Je sais qu'il y a un monde, ailleurs, très loin d'ici, où les enfants ne pleurent jamais, où le soleil est un éclat de rire. Un monde qui ne ressemble à rien de ce qu'on connaît. Un monde avec des étoiles à tous les coins de rue, pour remplacer les lampadaires.

Des fois, quand je parle au docteur Lemoine, j'ai ma vie sur le bout de la langue, mais je la ravale de justesse, pour ne surtout rien lui dire. Tout garder pour moi, ça me donne l'impression de contrôler les choses, de tenir le cours de ma vie encore un peu dans mes mains. Mes secrets, si je les dis, je ne sais pas ce qu'ils vont devenir. Pourtant, si je devais parler à quelqu'un ici, je choisirais le docteur Lemoine. Pas parce que je pense qu'il a des solutions miracles, non. Juste parce que je sais qu'il a envie de comprendre. Juste parce que quand je lui parle, il fait pas semblant de m'écouter. Le docteur Lemoine, il m'écoute vraiment, avec ses oreilles et son cœur, et il me fait jamais de leçons de morale. Parfois même, on reste assis l'un en face de l'autre, et on parle pas. Je suis devenu encore plus sauvage qu'avant. Un mot de travers, et je me cache. Le docteur Lemoine fait tout pour m'apprivoiser. Il tend la main vers moi, et il attend que je vienne la renifler. Je fais des tonnes de tours de manège avec mes pensées. Dans ce monde, moi, pour rester en vie, je pêche des étoiles dans les caniveaux et je les accroche dans mon cœur cabossé.

Valentine, elle vit enfermée dans sa chambre et elle n'en sort que pour être pesée. Si elle refuse de manger, elle sort pas. Parfois, je colle mon oreille à la porte de sa chambre pour entendre les battements de son cœur, mais la plupart du temps, j'entends rien, parce que son cœur ne bat plus. Moi, c'est mon âme qui ne bat plus.

Une fois, j'ai entendu Valentine pleurer. C'étaient pas des vraies larmes, c'était plutôt comme une immense tristesse concentrée, qui sortait petit à petit. Une tristesse séquestrée dans une chambre. Alors j'ai gratté à la porte pour qu'elle sache qu'elle n'était pas complètement seule dans ce monde. Pour qu'elle sache que de l'autre côté de la porte, il y a un petit garçon qui porte un cœur trop lourd pour lui, et qui pense très fort à elle.

Le plus dur, c'est le matin, et aussi le soir. On nous réveille beaucoup trop tôt. Je déteste quand on rentre dans ma chambre sans frapper, comme si c'était un lieu public. Sauf quand c'est Sidonie. Sidonie, elle fait briller la vie. Je voudrais passer mes journées à dormir, parce que c'est ma seule chance de retrouver Maxence. Les nuits où je rêve de lui, c'est les seuls vrais moments de bonheur que j'ai. Je revois son visage, ses yeux, et tout comme avant. Après, quand je me réveille, c'est comme si un orage avait délavé la vie. Le soir, quand je me couche, je me sens en « isolation », et parfois, j'arrive même pas à dormir. J'entends les pas des infirmières sur le sol, et j'ai peur. J'ai peur que le Démon entre dans ma chambre, et qu'il m'emmène dans un endroit très loin d'ici, où il pourra me faire du mal sans que personne vienne me délivrer. La nuit, quand je fais des cauchemars, je vois ses mains qui donnent des coups, et j'entends des cris. Alors je me réveille en hurlant. Il y a plusieurs infirmières, mais ma préférée, c'est Sidonie. Il y a aussi Maryse et Yvonne. Maryse, personne ne l'aime. Quand elle est de garde la nuit et que je fais un cauchemar, elle entre dans la chambre en soupirant. Je sens bien qu'elle s'en fiche pas mal de moi.

Mais mon cœur bat tellement vite dans ma poitrine que j'ai quand même envie qu'elle reste à côté de moi, même si elle me fait pas de sourires. Je lui parle de tout et de rien. Enfin, surtout de rien, juste pour pas rester seul dans le noir. Elle, sa seule envie dans ces moments-là, c'est de retourner dormir.

« Maryse, vous avez des enfants ? »

« Maryse, ça fait longtemps que vous travaillez ici ? »

« Maryse, pourquoi vous êtes infirmière ? »

Et plein de questions comme ça, auxquelles elle finit par répondre quand même, en poussant des soupirs un peu fâchés. Mais des fois, elle vérifie juste qu'il y a rien de grave, et elle me laisse tout seul dans la chambre, avec mon cœur en vrac, enseveli sous des milliards de pulsations désordonnées. Je pleure beaucoup, jusqu'à ce que je n'aie plus du tout de larmes. Je pense très fort à Maxence. Si j'arrive à sentir sa main, dans le noir, mes chagrins s'évaporent lentement, et je peux me rendormir.

20

Sidonie m'a dit que j'allais avoir la visite de maman, aujourd'hui. Trois petits coups sont frappés à la porte. Mon cœur se met à battre beaucoup trop vite. Je me tourne vers le ciel, et je réponds pas. La porte s'ouvre. Je sens son odeur de savon. Je me force à ne pas me retourner.

— Slimane ?

Je la regarde. Elle a bien camouflé les coups, comme d'habitude. Mais moi, je vois tout. Elle a beau sourire, avec son foulard noué sur sa tête et ses lunettes noires, je sais bien, moi, qu'il l'a encore frappée hier soir. Mais ça ne m'intéresse plus. C'est sa vie, pas la mienne.

— Ton père n'a pas pu venir te voir. Mais il m'a demandé de t'embrasser.

— Non, il t'a pas demandé de m'embrasser. Il t'a rien demandé du tout. Si il t'avait demandé quelque chose, ç'aurait été de me cogner de sa part.

— Il a beaucoup changé, tu sais.

— C'est pour ça que t'as mis ton foulard et tes lunettes ?

— Il y a du soleil.

— Pas dans cette chambre.

— Slimane, je t'en prie !

De quoi elle a peur ? Être seule, ce serait pire que de vivre avec le Démon ? Je me souviens de ce que me disait Maxence.

« Et maman, elle nous aime ?

— Oui, mais elle est complètement paumée.

— Tu crois qu'elle a perdu son chemin ?

— C'est ça. Elle a pris la mauvaise route et elle aurait dû revenir sur ses pas il y a longtemps.

— Pourquoi elle l'a pas fait ?

— Les adultes, c'est comme ça qu'ils vivent. Ils font des erreurs, et après, ils ont plus la force de tout recommencer. »

Maman a la lèvre qui tremble. Elle a envie de pleurer parce qu'elle sent que tout est de sa faute, mais elle ne sait pas quoi faire pour réparer. Il n'y a plus rien à faire, c'est trop tard. Elle est assise sur la chaise, pliée en deux par le chagrin. On peut pas vivre sans Maxence. Maxence, il coloriait la vie, et grâce à lui, elle était moins pâle. Maman plante ses yeux dans les miens, mais je peux pas supporter son regard. Il y a trop de graines de malheur dedans. Alors je me détourne pour m'envoler jusqu'au ciel. Je ne glisserai plus jamais de mots remplis de tendresse sous son oreiller. Je mettrai rien que des chardons et des orties. À partir de maintenant, plus personne ne doit dormir tranquille.

— Comment tu vas, Slimane ?

— ...

— Slimane, dis quelque chose !

— Tu devrais rentrer, maintenant.

— Mais je viens d'arriver !

— …

— Slimane, je t'en supplie !

Je décroche mes yeux du ciel. Je ne ressens rien.

— C'est de ta faute si il est mort.

Elle s'effondre un peu plus en s'agrippant à sa chaise pour ne pas tomber par terre.

— Je suis fatigué, maintenant. Va-t'en.

Les larmes sortent de ses lunettes noires et se roulent en boule sur ses joues.

— Tu as besoin de quelque chose ?

J'ai besoin d'une vraie famille, j'ai besoin de parler à Maxence, j'ai besoin d'avoir des réponses à toutes les questions que je me pose.

— Non, merci.

— Je ne pourrai pas venir la semaine prochaine parce que je travaille tout le temps. Mais je viendrai le week-end d'après.

Elle pose sa main sur la mienne en tremblant. Je n'ai aucune réaction, je suis devenu pire qu'une pierre. Maman, elle a un fils suicidé, un autre à l'hôpital et un mari violent…

Je me tourne vers le mur pour ne pas la suivre du regard quand elle traverse la chambre. Si elle avait accepté de porter plainte, c'est sûr, Maxence serait toujours là. Elle a préféré sacrifier son fils pour sauver le Démon. Je ne pourrai jamais lui pardonner ! La porte se referme doucement et j'ai envie de pleurer parce que je suis seul au monde. Je me recroqueville sur mon lit. Je suis un petit radeau ballotté sur une mer agitée. Il n'y a pas une seule lumière à l'horizon. Sans Maxence, le monde est plongé dans le noir.

21

Le docteur Lemoine a l'air de ne pas avoir beaucoup dormi, cette nuit. Il est presque aussi blanc que sa blouse. Il aimerait bien que je lui parle de moi, mais j'y arrive pas, alors je lui pose des questions.

— Vous avez des enfants ?

— Deux.

— Ils ont quel âge ?

— Onze et treize ans.

Comme moi et Maxence.

— Ils s'appellent comment ?

— Marie et Laurent.

— Ils sont pas à l'hôpital, eux ?

— Non.

— Pourquoi ? Parce que vous les aimez ?

— Tu es à l'hôpital parce qu'on ne t'aimait pas, Slimane ?

— Si. Il y a quelqu'un qui m'aimait. Plus fort que tous les autres amours du monde.

— Qui t'aimait comme ça ?

Je remets la fermeture Éclair sur ma bouche, et je regarde ailleurs. Le docteur Lemoine, il voit bien quand je redeviens un escargot et que je retourne me terrer dans ma coquille. Alors, il dépose des belles feuilles de salade devant moi, pour que j'aie l'eau à la bouche et que je sorte au moins la tête de ma carapace. Mais souvent, ça marche pas, et on reste là, à se regarder sans dire un mot, jusqu'à ce que l'heure tourne et qu'il me raccompagne à la porte.

— Pense à tout ce que tu voudrais me dire pour la prochaine fois, Slimane. Et écris-le sur un papier si tu as du mal à le dire avec des mots.

Je dis oui comme ça, mais si je commence à écrire tout ce que j'ai sur le cœur, ça va faire des tonnes et des tonnes de livres, et le docteur Lemoine, il aura jamais le temps de tous les lire.

En rentrant dans ma chambre, je vois Maryse marcher à côté d'une petite fille plus légère que le vent. Je l'ai encore jamais vue avant, mais je sais tout de suite que c'est Valentine. Valentine, si le vent soufflait trop fort, elle tomberait par terre. Valentine, elle a des cheveux blonds tout lisses, et dans ses yeux, il y a rien que de la tristesse. Valentine, quand elle marche, c'est comme si elle traînait un grand sac derrière elle, avec tout un tas de choses très lourdes dedans. Valentine, elle est plus belle que tous nos voyages en travelator. Valentine, c'est sûr, elle vient directement du Pays sans Adultes.

Elle passe devant moi, et nos regards s'accrochent l'un à l'autre. On se dit plein de trucs, avec nos yeux qui se connaissent même pas. Elle continue à avancer lentement, en tournant la tête pour pas lâcher mes yeux. Quand elle ne peut plus me voir, elle regarde par terre, mais juste avant de tourner à gauche et de disparaître, je reçois encore ses yeux, en plein dans les miens. Ça dure cinq secondes. Cinq secondes immenses, qui refont tourner ma terre.

22

L'hôpital est beaucoup plus grand que ce que je croyais. Il y a des tas de services différents. C'est le docteur Lemoine qui me l'a dit. Moi, j'ai envie de connaître tous les gens qui vivent là. L'autre jour, je suis sorti discrètement dans le grand couloir, et j'ai recopié le plan de tous les services pour pouvoir « excursionner » dans l'hôpital. Je sais que c'est ce que Maxence aurait fait.

J'attends l'extinction des feux, le cœur battant, et je me rhabille en quatrième vitesse. Ensuite, j'ouvre la porte de ma chambre, et je me glisse dans le couloir. Personne à l'horizon… J'ouvre la porte, et me voilà dehors. Je suis les panneaux avec le nom des services marqué dessus. J'avance dans un couloir désert. Sur une des pancartes, il y a écrit : « Gériatrie ». Maxence, il m'aurait dit ce que ça veut dire, mais moi, j'en sais rien. Je pousse doucement la porte, et je me glisse à l'intérieur. Ça ressemble à notre service, moins les décorations, et ça sent une drôle d'odeur, comme un genre de désinfectant. Je passe devant des portes de chambres avec des numéros dessus. Soudain, une infirmière déboule de nulle part. Mon cœur se met à cogner très fort. J'empoigne la première poignée de porte qui me tombe sous la main, et j'entre dans une chambre à reculons.

— Eh !

Je me retourne en sursautant. Dans le lit, il y a une vieille dame, l'air pas commode, avec des cheveux violets.

— Heu… Bonjour !

— Qu'est-ce que tu fiches ici, toi ?

— Heu… Rien. Je visite un peu…

— Et t'as rien d'autre à visiter qu'un mouroir ?

— Un quoi ?

— Un mouroir ! Les gamins de ton âge ne vont plus à l'école ?

— Si. Et les vieilles de votre âge, elles vont toutes au mouroir ?

— File, petit crétin.

— Vous vous appelez comment ?

— Qu'est-ce que ça peut bien te faire ?

— C'est juste histoire de causer un peu.

— J'ai pas envie de causer. Va-t'en, ou j'appelle l'infirmière.

— Mais vous pouvez pas me faire ça ! Je suis qu'un enfant !

— Je vais me gêner !

— C'est dingue, ça ! Un enfant se réfugie dans votre chambre, et la seule chose qui vous vient à l'esprit, c'est de le dénoncer ?

— Te dénoncer, c'est la chose la moins grave qui me vienne à l'esprit, si tu veux le savoir. Crois-moi, si j'étais un peu plus vaillante, c'est une taloche que je te mettrais.

— Non mais, ça va pas la tête ?

— Sors d'ici tout de suite !

Elle se met à parler de plus en plus fort. Je la fusille du regard, mais elle continue à crier. J'entrouvre la porte de sa chambre, je regarde dans le couloir et je m'en vais. Je marche lentement, sans faire de bruit. Par les portes entrouvertes, je vois des corps posés sur des lits. Des corps avec des tas de sondes dedans. Ici, la vie est sous respiration très artificielle.

Dans notre service, il y a une fille que j'aime bien. Elle s'appelle Sabrina, et elle est grande, en hauteur et en largeur. Romain m'a dit qu'elle est « boulimique ». Elle vit dans une chambre pas loin de la mienne. J'ai demandé au docteur Lemoine ce que ça veut dire, « boulimique ». Il m'a répondu que la boulimie, c'est un besoin maladif d'absorber de grandes quantités de nourriture.

— Vous voulez dire, comme un vide qu'on voudrait remplir ?

— C'est ça, oui.

— Et ce vide, on n'arrive pas à le remplir autrement que par la nourriture ?

— Si, il faut apprendre à le remplir autrement.

— Et si on y arrive pas ?

— On finit par y arriver.

Sur les cuisses de Sabrina, il y a des traînées blanches. Il paraît que ça s'appelle des « vergetures ». À mon avis, elle a ça parce que quelque chose en elle voulait à tout prix s'échapper, alors cette chose a poussé très fort, et elle a fait craquer sa peau.

Moi, la vraie question que je voudrais poser, c'est pourquoi il y a autant de gens malheureux, et surtout, qu'est-ce qu'on peut faire pour les aider.

Troisième partie

1

Ce soir, pour la première fois, Valentine a le droit de manger avec nous, parce qu'elle a repris du poids. Elle s'assoit à table, sans regarder personne. Mon cœur est brûlant. Je cherche son regard, mais il n'y a pas moyen de le trouver. Il est caché tout au fond d'elle. On nous sert du poisson avec des légumes. Valentine prend sa fourchette, et elle émiette tout ce qu'il y a dans son assiette, pour qu'il y en ait le moins possible à avaler. Ses carottes deviennent des confettis, et le poisson, on dirait même plus du poisson. Sidonie n'arrête pas de la regarder, et comme elle voit qu'elle mange pas, elle s'approche d'elle pour lui chuchoter des choses dans les oreilles. Valentine prend sa fourchette, mais elle doit être très lourde, parce que son visage se plisse comme un éventail. Elle met un bout de carotte dans sa bouche, et elle mâche. Elle mâche longtemps, alors que la carotte avait déjà l'air mâchée avant d'arriver dans sa bouche. Moi, je ne mange pas non plus, parce que je n'arrive pas à la quitter des yeux. Elle prend encore un peu de bouillie de carotte et elle mâche comme si c'étaient des cailloux. Elle lève la tête, et elle lance très fort ses yeux dans les miens. Les yeux de Valentine sont verts. Les yeux de Valentine sont en train de se noyer, et ils appellent au secours sans faire aucun bruit.

Le soir, au fond de mon lit, j'arrête pas de penser à elle. Je ne comprends vraiment pas ce qui m'arrive. Mon cœur fait des tours de manège. Ça lui était jamais arrivé avant. Il est aussi mou que du chewing-gum. Peut-être même qu'il va faire des bulles. Des bulles de cristal, dans lesquelles je pourrai lire mon avenir. C'est la première fois que je sens que j'ai un cœur, depuis que Maxence est parti au Pays sans Adultes. Je suis même étonné, parce que j'étais sûr et certain que mon cœur était mort. Peut-être qu'avant de mourir, il a mis au monde un bébé cœur, et que c'est lui qui tape contre ma poitrine. Il doit sûrement avoir faim. En tout cas, Valentine, c'est une nourriture qui a l'air de lui plaire.

2

J'ai envie de revoir la vieille dame méchante du service « gériatrie ». Peut-être qu'elle est à l'hôpital pour soigner sa méchanceté ? Plein de gens devraient aller à l'hôpital pour soigner leur méchanceté et leur bêtise. Je suis sûr que si on voulait, on trouverait des tas de traitements qui rendraient les gens gentils et souriants.

Je prends le même couloir que l'autre fois. Je me souviens du numéro de la chambre : 55. J'entre doucement, sans frapper, parce que je sais que de toute façon, elle répondra pas. Elle est allongée dans son lit. Il y a sûrement un orage dans sa tête, parce que ses yeux lancent des éclairs.

— Qu'est-ce que tu fiches encore là, toi ? Je t'avais pourtant dit de ne pas revenir ici !

— Eh bien, je suis revenu quand même. Vous vous appelez comment ?

— Fiche le camp !

Sur la feuille, au pied de son lit, je lis son nom : Marguerite. Dans les yeux de Marguerite, il y a beaucoup de brouillard. Celui qui se colle sur les jours, quand il y a trop de malheurs.

— Vous vous appelez Marguerite ? C'est pas possible, ça colle pas. Vos parents ont sûrement fait une erreur !

— Et pourquoi donc ?

— Mais parce que les marguerites sont d'adorables petites fleurs, gentilles et douces ! Ça ne vous va pas du tout. Vous auriez plutôt dû vous appeler cactus ou ortie.

— Tu n'es qu'un petit morveux. Je déteste les enfants.

— Je ne suis pas un enfant, figurez-vous.

— Et on peut savoir ce que tu es ?

— J'appartiens à une nouvelle espèce. J'ai l'air d'un enfant, mais je suis plus grand que vous tous.

— Et qu'est-ce qui te permet d'être aussi sûr de toi ?

— Je comprends les choses.

— Quel genre de choses ?

— Pourquoi les gens sont malheureux.

— Et pourquoi ils sont malheureux ?

— Parce qu'ils ne s'aiment pas assez.

— Continue comme ça, et tu finiras avec le prix Nobel.

— Continuez comme ça, et vous finirez toute seule, avec un cœur moisi.

Ses yeux perdent d'un coup leur méchanceté, son cœur a l'air un peu groggy. Je lui ai fait de la peine. Bien fait pour elle. Je parie que ce soir, elle va ouvrir l'album de sa mémoire et feuilleter toute sa vie.

Moi, je n'ai aucun album à feuilleter. J'ai juste Maxence. Certains soirs, il me manque tellement que j'ai l'impression que je vais mourir sur place. Mais ça n'arrive pas. Les secondes se succèdent, et je suis toujours là. Où est-il ? Est-ce qu'il y a d'autres enfants avec lui ? Tous les enfants rejetés par la vie, les enfants blessés qu'on n'a pas pu soigner tellement leurs blessures étaient graves. Ceux dont la vie a épluché l'âme pour la livrer aux corbeaux.

La vie, c'est pas pour les enfants.

En explorant l'hôpital, je découvre des tas de choses. Le service de chirurgie plastique, par exemple. Le docteur Lemoine m'a dit que c'est pas un service où on fait de la chirurgie avec des sacs plastique, mais que c'est un endroit où on rend les gens plus beaux qu'avant. Où on les répare, aussi. Parfois, après un accident de voiture, la figure n'est plus comme avant, alors il y a des chirurgiens qui la recollent ensemble. Il y a aussi des gens qui veulent rester beaux et qui se font tout un tas d'opérations. On leur change la peau, les yeux, le nez, tout quoi. Il devrait y avoir une chirurgie pour l'âme, quand elle est trop moche, ou quand elle est cassée. Si un chirurgien m'opérait, le Démon ne pourrait jamais me retrouver. Je passerais devant lui, il me reconnaîtrait même pas. Comme ça, j'aurais plus aucun lien de parenté avec lui. Parfois, quand je me regarde dans le miroir, j'ai peur de lui ressembler. Alors je m'observe longtemps en bougeant mon visage, pour qu'aucune de mes expressions ne m'échappe. Si jamais un jour je vois son visage sur le mien, c'est sûr, je me ferai opérer dans le service de chirurgie plastique, pour l'enlever de moi.

3

Le professeur Delbarre, c'est le chef du service des enfants malheureux. Le professeur Delbarre, quand il pose sa main sur sa tête, il est sûr d'avoir escaladé le plus haut sommet du monde. Il passe une fois par semaine pour faire un genre d'inspection. Quand il nous regarde, il nous voit pas parce qu'il voit rien d'autre que lui. Le pire, c'est le jour où Valentine s'est accrochée à lui. Je sais pas ce qui lui a pris, parce que c'est vraiment pas son genre. Valentine, chaque fois qu'elle mange, il y a des rochers qui plombent tout son corps et il devient si lourd qu'elle peut plus le porter. Alors elle se met à souffrir très fort, si fort que je sens sa souffrance jusque dans ma chambre. Elle veut tout vomir, pour rester aussi légère qu'un nuage, mais personne ne la comprend et elle est obligée de traîner son corps de pierre pendant des heures interminables.

Elle s'est agrippée au professeur Delbarre. Ses yeux criaient : « Aidez-moi, je vous en supplie. Aidez-moi ! » Mais lui, il a tiré sur sa blouse, jusqu'à ce qu'elle se détache de lui. Il lui a tapoté la tête, et il est parti sans rien dire, pendant que Valentine reniflait doucement.

C'est à cause de ça qu'on veut mourir. C'est à cause de ça qu'on ne peut plus manger. Parce qu'on est juste des grains de sable, jetés dans une tempête qu'on ne comprend pas, et que personne ne vient nous ramasser. Professeur Delbarre-toi.

Maryse pousse Valentine dans le réfectoire. On a tous déjà commencé à manger. Ce soir, c'est poulet, purée et petits pois. Valentine s'assoit sans faire aucun bruit. On dirait qu'elle n'est pas là. Je la regarde, et mon cœur flambe comme une crêpe au Grand Marnier que j'ai vue un jour dans une émission. Ça fait des flammes immenses, ça réchauffe tout mon corps. Valentine regarde son assiette, mais on dirait qu'elle voit même pas ce qu'il y a dedans. Elle commence à émietter le poulet, pour qu'il ait l'air plus petit, et elle mange les miettes. Valentine, c'est un moineau. Elle picore la vie. Moi, avec mon poulet, ma purée et mes petits pois, je fais un bonhomme. Un vrai, avec des yeux, un nez et une bouche. Quand Valentine lève la tête, je lui montre mon bonhomme, et ça la fait sourire. Elle en fait un aussi. Son bonhomme, il a une drôle de tête, avec son poulet en mille morceaux et ses petits pois écrasés. Les yeux de Valentine, je veux qu'ils restent collés aux miens, alors je la quitte pas une seconde du regard. Je prends le nez de mon bonhomme avec ma fourchette, et je le mets dans ma bouche. Elle hésite un peu, puis elle ramasse le nez aplati de son bonhomme, et elle le mange. Je mâche aussi longtemps qu'elle, et on avale nos deux nez ensemble. Ensuite, on mange la moitié du bonhomme : ses oreilles en poulet, sa bouche en purée et son œil gauche en petit pois. Je sens que

Valentine a déjà fait un gros effort, alors on s'arrête là. Dans nos assiettes, il reste des cheveux et une moustache en purée, avec une paire de lunettes en petits pois.

4

Ce soir, je repars « excursionner » dans l'hôpital. Il y a un service qui m'attire, c'est le service d'oncologie pédiatrique. C'est peut-être un service où on apprend à être logique ? En tout cas, c'est un mot hypersavant, et tout ce que j'ai vu pour l'instant, c'est que les portes, à l'intérieur, elles sont toutes roses. Je me glisse dehors. Je traverse des tas de couloirs en faisant aucun bruit, comme quand le Démon était là. Je monte encore deux étages, et j'entre dans le service d'oncologie pédiatrique. Il y a un long couloir, avec des tricycles, des vélos et des jouets. Sur les murs, il y a plein de dessins d'enfants. Des princesses, des arbres qui touchent le ciel, ou des enfants qui dorment sur des nuages. Les portes des chambres sont roses comme de la barbe à papa et elles ont toutes des jolis noms : guimauve, berlingot, sucre d'orge, caramel, roudoudou… Parfois, mes pensées forment comme un genre de sentier sur lequel je me promène pour quitter la vraie vie. Une porte claque et me fait revenir à moi. J'ai à peine le temps d'entrevoir une infirmière, je me glisse en hâte dans la chambre berlingot. À l'intérieur, il y a un petit garçon avec le crâne tout nu, qui me regarde comme si je descendais d'une soucoupe volante.

— Qu'est-ce que tu fais là ?

— Heu… rien. Je visite un peu.

— Ah bon ? Tu viens de l'extérieur ?

— Non.

— Tu viens d'où ? T'es à l'hôpital ?

— Oui…

— T'es dans quel service ?

J'essaye de me rappeler ce que j'ai lu sur le panneau.

— Pédosychiatrie.

— Ah ouais ? Et c'est comment là-bas ?

— C'est vachement moins bien qu'ici. On n'a pas de vélo, les portes, elles sont même pas roses, et nos chambres ne s'appellent pas comme les vôtres.

— Elles s'appellent comment ?

— Elles s'appellent pas.

— Tu devrais leur donner des noms !

— Comme quoi ?

— Je sais pas, moi. Réfléchis où tu voudrais vivre.

— Au Pays sans Adultes.

— Eh ben voilà, tu l'as trouvé, le nom de ta chambre !

Il me fait un grand sourire. Il ressemble à un être du futur, comme ceux que j'ai vus une fois dans une série, à la télé.

— Tu t'appelles comment ?

— Slimane.

— Ouah ! J'ai encore jamais entendu ce nom-là. C'est super beau !

— Et toi, tu t'appelles comment ?

— Hugo.

— Pourquoi t'es ici ?

— Parce que j'ai une leucémie.

— C'est quoi une leucémie ?

— C'est une maladie. J'ai plus de défenses.

— Moi non plus, j'ai plus de défenses. Pourquoi t'as le crâne rasé ?

— C'est à cause du traitement. Je fais de la chimiothérapie.

— C'est quoi ?

— C'est un traitement pour nettoyer la moelle osseuse de toutes les cellules malades.

— Et ça marche ?

— En fait, ça tue les cellules de la moelle, mais bon, ça tue aussi les cellules normales.

— Mais tu vas guérir ?

— Il y a 75 % des enfants qui guérissent.

— Et les autres ?

— …

Je regrette d'avoir posé cette question, alors je cherche un truc à dire, n'importe quoi.

— Dans mon service, il y a une fille qui s'appelle Valentine.

— Qu'est-ce qu'elle a ?

— Elle est anorexique.

— Et toi, qu'est-ce que t'as ?

— Moi, je me suis suicidé.

Je sais pas pourquoi, mais quand Hugo me pose des questions, les réponses, elles sortent toutes seules.

— Pourquoi t'as fait ça ? Tu voulais mourir pour de vrai ?

— Je voulais rejoindre Maxence.

— C'est qui, Maxence ?

— C'est mon frère.

— Il s'est suicidé ?

— Non. Il est parti vivre au Pays sans Adultes.

— Moi, quand j'ai perdu mes cheveux, j'ai perdu tous mes amis. Les autres enfants, ils changeaient de trottoir dès qu'ils me voyaient.

— Et t'étais triste ?

— Oui. Une fois même, ils m'ont tapé parce que la maîtresse s'occupait trop de moi.

— Il y a d'autres enfants, ici ?

— Oui.

— Ils ont tous la même chose que toi ?

— Oui.

— Vous avez le droit de vous habiller dans la journée ?

— Bien sûr ! On reste pas en pyjama !

— Pourquoi ?

— Parce que dans la vraie vie, on se promène pas en pyjama !

Il reste un moment silencieux, et il pose sur moi un regard avec plein d'électricité dedans.

— Moi, si la vie, c'était un verre d'eau, je la boirais jusqu'à la dernière goutte.

— Pourquoi ?

— Parce que je veux vivre.

— Même ici ? Dans ce monde-là ?

— Oui.

Je sais pas quoi dire. Je comprends pas qu'on ait envie de rester en vie. Pour moi, la vie, c'est pas une vraie destination. C'est juste une escale.

— Il faut que j'y aille, parce que je vais me faire attraper.

— Tu veux que je te prête la locomotive de mon train électrique ?

— Pourquoi ?

— Parce que comme ça, tu seras obligé de revenir me voir.

— D'accord.

Il me la tend en souriant. J'ai envie de pleurer tellement je suis content. J'ouvre doucement la porte de la chambre. Personne à gauche, personne à droite. Je lui fais un signe de la main, et je m'éloigne des portes en barbe à papa, des tricycles et des dessins multicolores.

En retournant dans ma chambre, il y a plein de pensées qui s'entrechoquent dans ma tête. Max s'est envolé, moi, je rêve de le rejoindre, Valentine mange presque pas, mais Hugo, lui, il veut vivre plus fort que nous tous. Hugo, il se bat pour vivre. Hugo, quand il parle de la vie, il y a des étoiles dans ses yeux, même si il est tout pâle et qu'il a plus de cheveux.

L'hôpital, c'est comme si on ouvrait le monde avec une fermeture Éclair, et qu'on regardait en dessous.

5

Romain aime bien jouer aux cartes avec Charline. Charline, elle est à l'hôpital parce qu'elle écrivait sur son corps avec des couteaux, et qu'elle s'est même brûlée plusieurs fois avec des cigarettes. Elle a des yeux très noirs, et quand elle est en colère, ils lancent des éclairs. Aux cartes, elle gagne à chaque fois et, souvent, Romain part en claquant la porte pour qu'on soit tous au courant qu'il est vraiment furieux. Ce soir, il a l'air très calme, et même si il a encore perdu, il fait des grands sourires à tout le monde. Je m'approche de Charline.

— Pourquoi t'es si douée avec les cartes ?

— C'est mon père qui m'a appris.

— Génial !

— Et toi, ton père, il t'a appris quoi ?

— Rien. Mon père, il donne juste des coups.

— Faut que tu fasses gaffe, alors. Parce que statistiquement, les enfants de parents violents deviennent violents aussi.

— Comment ça ?

— Ben ouais ! Ils reproduisent la violence de leurs parents. Ça s'appelle « l'atavisme ».

Je reçois un coup en pleine poitrine. Je me lève, et je m'enfuis en courant pour plus les entendre et fuir toutes les statistiques.

Je veux pas être atavique.

Je cours dans les couloirs, avec un reste de cœur qui bat la chamade. Je cours jusqu'au bureau du docteur Lemoine et j'entre sans frapper. Il sursaute, parce qu'il n'a pas l'habitude que quelqu'un déboule comme ça dans son bureau. Mais comme j'ai la figure en feu, et que je suis très essoufflé, il se lève et il me parle avec sa voix rassurante. Le docteur Lemoine, il a plusieurs voix : une pour les explications, une pour les questions techniques, une pour les questions délicates, une pour quand il est pas content, une autre pour quand il est ému. Et plein d'autres comme ça, qu'il cache tout au fond de sa gorge.

— Qu'est-ce qui se passe, Slimane ?

— Je… Je voudrais savoir…

— Assieds-toi.

— Non ! Je veux pas m'asseoir, je veux savoir !

— Qu'est-ce que tu veux savoir ?

Des mots de toutes les couleurs dansent devant mes yeux. Il y en a tellement d'un coup que je ne sais plus par où commencer.

— Est-ce que je suis atavique ? Charline, elle a dit que… les enfants qui ont des parents… des parents violents, ils vont devenir violents aussi. Elle dit que c'est les statistiques qui l'ont dit.

Le docteur Yves Lemoine réfléchit pour savoir comment calmer les angoisses échevelées d'un enfant de onze ans qui pose une vraie question pour toute la suite de sa vie. Alors il prend son temps, parce qu'il veut surtout pas dire de bêtise.

— Charline a tort. Les enfants de parents violents ne deviendront pas tous violents. Certains seulement, mais pas tous.

— …

— Certains enfants, une fois adultes, reproduiront la violence qu'ils ont connue, parce que c'est le seul moyen de communication qu'ils connaissent.

La violence, c'est la seule chose que le Démon nous a montrée, à Maxence et à moi… Comment je vais faire pour m'échapper ?

— Slimane ? Tu m'entends ?

— Hein ?… Heu, oui…

— Assieds-toi.

— …

— S'il te plaît.

Je m'assois sans le quitter des yeux, des fois qu'il aurait l'idée saugrenue de partir et de me laisser seul au monde avec mes « questions ataviques » sans réponse.

— Slimane, pourquoi tu me poses cette question ?

— Parce que… parce qu'on parlait de ça avec les autres, et…

— Et quoi ?

— Et rien. Je me demandais, c'est tout. Je veux pas être atavique.

— Et tu es rassuré, maintenant ?

— Comment on peut savoir à l'avance qu'on va pas être atavique ?

— En en parlant. Si on a subi des violences, il faut en parler.

— Et si on le fait pas ?

— Si on n'en parle pas et qu'on garde tout ça pour soi, ça finit par être très lourd à porter. Ça finit par rendre très triste, et il y a plus de risques de devenir violent un jour.

Je me dis qu'il faut que je parle à quelqu'un très vite, n'importe qui, pour que je devienne jamais atavique comme le Démon, mais j'ose pas. Alors je regarde le docteur Lemoine droit dans les yeux, et je lui dis tout sans prononcer un seul mot. Je suis pas sûr qu'il entende ce que je lui dis. Le docteur Lemoine, il a l'air de savoir que je cache des secrets dans mon cœur et que j'arrive pas à les dire, mais il me force pas.

— Je serai là pour t'écouter chaque fois que tu en auras besoin, Slimane.

Je me sens un peu soulagé. Je voudrais lui parler, mais les mots restent coincés dans ma gorge comme une arête de poisson. Je lui dis merci et je retourne dans ma chambre, beaucoup plus léger qu'en arrivant, parce que je suis pas encore atavique.

6

Dans notre service, il y a une salle rien que pour nous, avec des tables, un baby-foot et des jeux. C'est pas aussi bien que chez Hugo, mais c'est pas mal quand même. Je suis tout seul, en train de lire une histoire. Je lève la tête. Valentine s'assoit devant moi et elle me sourit.

— Salut ! Je t'ai même pas entendue arriver.

— C'est normal. J'ai pas fait de bruit. Je te dérange pas ?

— Non, j'étais pas encore rangé.

Quand Valentine est devant moi, mon cœur bat beaucoup plus vite. Il fait des grands sauts, des bonds très hauts, et puis il redescend d'un seul coup, avant de remonter. Parfois, quand je suis devant Valentine, je sais plus quoi dire. Il y a un embouteillage de mots dans ma gorge. Ils n'avancent pas, ils sont coincés. Elle me quitte pas des yeux.

— T'as rien à me raconter ?

— Si ! Plein de trucs !… Heu… La nuit, je vais sur le toit, pour regarder les étoiles.

— Et t'en vois beaucoup ?

— Ouais… Enfin, sauf si il y a des nuages !

— Tu savais que quand il y a des nuages dans le ciel, c'est parce que c'est Dieu qui fume ?

— Heu… Non, je savais pas.

— Et tu vois quoi d'autre ?

— Viens avec moi, et tu le sauras !

— …

— J'ai rencontré un petit garçon qui s'appelle Hugo. Il a une leucémie.

— …

— Il m'a prêté la locomotive de son train électrique. T'auras qu'à venir avec moi, la prochaine fois.

— Peut-être. Peut-être pas.

— Hugo, lui, il se bat pour rester en vie. C'est bizarre, non ?

— Un peu.

— C'est parce qu'il a une maladie mortelle.

— …

— La vie est vachement mal faite. Il y en a qui sont en danger de mort et qui veulent vivre, et d'autres qui sont en bonne santé et qui veulent mourir.

— Toi, tu veux mourir ?

— Non. Je veux juste rejoindre Maxence.

— Maxence, c'est ton frère ?

— …

— Il est où, maintenant ?

— …

— Moi, ce que je voudrais, c'est être rien qu'un esprit. Comme ça, je pourrais flotter dans la vie.

— Oui, mais si t'étais rien qu'un esprit, je pourrais même pas te voir.

— Tu me verrais pas, mais tu me sentirais !

— D'accord, mais je suis quand même content de te voir !

— Pourquoi ?

— Parce que je te trouve belle.

— Ça, ça m'étonnerait !

— Si, c'est vrai !

— Je suis même pas belle. Tu dis ça parce que tu vois pas bien.

— Si, je vois bien ! À l'école, on m'a testé : j'ai dix sur dix aux deux yeux.

— …

— Si tu réfléchis bien, qu'est-ce que tu aimerais manger ?

— Rien du tout.

— Même pas des fleurs ?

— Quelles fleurs, par exemple ?

— Une nouvelle espèce de fleurs. On mélangerait des roses, parce que ça sent bon, avec des lys pour la pureté, et on mettrait une petite pincée de pensées, parce que ça réfléchit beaucoup, les pensées. Alors, qu'est-ce que t'en dis ?

— D'accord, j'en veux bien un peu.

Quand Valentine sourit, tous les malheurs s'évaporent. Et le monde est beaucoup, beaucoup plus léger.

— Valentine, il faut vraiment que tu manges.

— Slimane, il faut vraiment que tu aies envie de vivre.

Un partout.

— Ce soir, rendez-vous dans ma chambre, après l'extinction des feux. On part à l'aventure. D'accord ?

— D'accord.

Je serre sa petite main très froide dans la mienne. Valentine, c'est une glace à la douceur.

Un petit grattement sur ma porte fait battre mon cœur beaucoup plus vite. La silhouette toute fine de Valentine se glisse dans ma chambre. Je lui montre la corniche, et puis le toit. C'est pas dangereux, parce que la corniche est beaucoup plus grande que les autres corniches que j'ai vues avant, donc on a de la place pour marcher. Je l'aide à grimper dessus, et je l'emmène dans mon refuge sur le toit. Valentine, elle a toujours froid, même quand il fait chaud, alors elle a mis tous les pulls qu'elle a pu trouver. On se serre l'un contre l'autre pour que la nuit ne nous recouvre pas complètement, et on regarde le ciel. Elle frissonne.

— Je voudrais qu'il fasse tout le temps chaud. En fait, il faudrait changer le climat.

— Maxence, il m'a dit que la Terre reçoit de l'énergie du Soleil, et que c'est ça qui détermine le climat.

— Ah bon ?

— L'énergie, elle est répartie un peu partout, mais à certains endroits, il y en a plus ou moins.

Elle m'écoute tellement qu'on dirait qu'elle a des milliards d'oreilles.

— Et alors ?

— Eh ben… À mon avis, cette énergie, elle est renvoyée dans les autres galaxies, et le reste est retenu en otage ici.

— Par qui ?

— Par des gaz à effet dessert.

— Comme des grandes mousses au chocolat, tu veux dire ?

— Ben ça, j'en sais trop rien. Maxence, lui, il aurait su…

Elle me regarde avec ses yeux qui comprennent des tas de choses.

— Maxence, il m'a dit une fois que les scientifiques examinent des genres de bulles d'air qui vivent depuis des millions de milliards d'années en Antarctique.

— Pourquoi ?

— Parce que comme ça, à ce qu'il paraît, ils peuvent retracer le temps qu'il a fait sur la planète depuis l'origine.

— C'est dingue !

— Moi, quand je pense que la Terre fait des tours dans le cosmos, parfois, ça me fait peur.

Elle se serre contre moi.

— Moi aussi.

— Maxence, il disait que la forêt, c'est comme un grand nez qui fait respirer la Terre, et que si on la coupe trop, on pourra plus respirer.

Valentine se dépêche de prendre une grande inspiration, au cas où les adultes couperaient toutes les forêts du monde pendant la nuit.

— Il disait aussi que la planète se réchauffe.

Elle frissonne, enroulée dans la couverture.

— On dirait pas.

On reste collés l'un contre l'autre, et on regarde le ciel, en envoyant des pensées à tous ceux qui nous manquent, et à tous ceux qu'on ne connaît pas, mais qui nous entendent peut-être là où ils sont.

7

Dans le service « neurologie », les docteurs s'occupent du système nerveux. C'est un truc très compliqué, à ce qu'il paraît, parce que dans notre cerveau, il y a tout un tas de neurones. Les neurones, c'est des cellules nerveuses. Parfois, il y en a qui se mettent en grève. Du coup, ça fiche une pagaille pas possible. C'est exactement pareil qu'avec les trains. Quand les neurones ne fonctionnent plus, il y a des tas de problèmes de transmission. Maxence, il m'avait bien expliqué que dans notre corps, il y a des ganglions et des nerfs, reliés à des « centres réflexes ». C'est des centres où on peut aller pour trouver toutes sortes de réflexes qu'on a. Dans le service « neurologie », il y a des gens couchés sur leur lit qui ont l'air d'être partis très loin d'ici. Il y en a aussi qui traversent la vie dans des fauteuils roulants, qui n'ont plus de jambes, ou plus de bras, mais qui sourient quand même. Les docteurs, parfois, ils font des greffes. Ils prennent les organes de quelqu'un, et ils les cousent sur quelqu'un d'autre. Ils font ça même avec les cœurs. Et si quelqu'un se retrouvait un jour avec le cœur du Démon ? Ce serait très, très grave. Même Nelson Mandela, qu'on a vu un soir avec Maxence dans un reportage, il deviendrait mauvais. Et il comprendrait pas pourquoi. Personne ne lui dirait qu'on lui a cousu un cœur trop poivré.

Faut faire vachement gaffe avec les organes.

8

Sidonie aime beaucoup Valentine. Une fois même, elle lui a dit qu'elle était la petite fille qu'elle aurait aimé avoir. J'ai pas pu me retenir de lui demander pourquoi elle avait pas eu d'enfants, et j'ai vu des nuages dans ses yeux. Ils sont devenus brumeux, la température a chuté brutalement et je m'en suis beaucoup voulu de me mêler de ce qui me regardait pas. Elle a répondu d'une voix différente de d'habitude que pour faire des enfants, il fallait être deux. Pour moi, c'est ça le problème. Il faut être deux. Si maman avait pu nous fabriquer toute seule, il y aurait jamais eu de Démon, et si Sidonie avait pu inventer une petite fille toute seule, elle serait pas en train de faire des efforts pour avoir l'air gaie. La vie est vraiment mal faite. Tout le monde le sait, mais personne sait vraiment où déposer plainte. Donc, on fait semblant de trouver ça normal : c'est la vie. Mais moi, ce que j'en dis, c'est que c'est pas du tout la vie. C'est une grosse arnaque.

Avec Valentine, on est allés voir Sidonie pour lui donner un grand dessin qu'on a fait pour elle, tous ensemble. On l'a dessinée avec un cœur immense dans lequel il y a un grand soleil.

— Sidonie, on a réfléchi, et on pense que vous avez un cœur beaucoup plus grand que la moyenne. Vous devriez le photocopier et le donner pour qu'il soit greffé à plein de gens dans le monde.

— J'y penserai, mais ce sera seulement après ma mort.

— C'est dommage, ça. Il faudrait pouvoir remplacer les cœurs des gens méchants avec les cœurs des gens gentils, mais il faudrait qu'ils restent quand même en vie.

— Tu vois, Slimane, tu as plein de projets pour l'avenir !

Sidonie a accroché son dessin dans le bureau des infirmières. Je vois bien que Maryse aimerait qu'on lui en fasse un pareil. Le problème, c'est que si on faisait un dessin à Maryse, ce serait rien qu'un tout petit cœur desséché, avec des mauvaises herbes partout, et je suis pas sûr que ça lui ferait vraiment plaisir. Le cœur de Maryse manque d'eau, il est envahi par les ronces. Dans le cœur de Maryse, il fait froid et humide, et aucun insecte n'a envie d'y vivre. Même pas des araignées sans domicile fixe. Avec Valentine, on a décidé qu'on lui ferait un dessin quand elle aura fait un peu de ménage. Quand elle aura arrosé sa terre, arraché ses mauvaises herbes et semé des graines qui donneront des beaux arbres fruitiers. Le jour où je mangerai une pomme sucrée, cueillie dans le cœur de Maryse, c'est sûr, elle l'aura, son dessin.

Je pense souvent à Hugo dans la journée. Je me demande ce qu'il fait, dans la chambre berlingot. Je mets en marche la locomotive de son train électrique juste pour la regarder tourner. Je vais la lui rendre, comme ça on pourra encore discuter. Je parle souvent de lui à Valentine, et elle est d'accord pour venir avec moi. J'ai un cadeau pour Hugo. C'est un oiseau de mots. Un oiseau en papier sur lequel on écrit des vœux. C'est Maxence qui m'a appris à faire ça. Quand j'étais petit, je pensais que les vœux se réalisaient toujours, mais maintenant, je sais que même si on en fait des milliards, ils ne se réalisent pas forcément. Avant, j'étais certain qu'une fois qu'on les disait, ils allaient quelque part pour être exaucés, qu'il y avait une boîte aux lettres spéciale pour les vœux. Mais ça fait un bon moment que la poste est en grève.

Sidonie fait sa tournée, histoire de vérifier que tout le monde va bien. J'attends qu'elle s'en aille, le cœur battant, et je m'habille. Puis, je sors de ma chambre, et je gratte à la porte de Valentine. Je la prends par la main pour l'entraîner avec moi. Elle est si légère qu'on dirait que c'est le vent que je prends par la main. On court presque en traversant les couloirs. Quand je suis avec Valentine, j'ai l'impression d'être invisible. Et même, parfois, je me dis que si on croisait quelqu'un, on passerait à travers.

— Slimane, c'est encore loin ?

— Chut ! Encore deux étages, et on y est.

On arrive devant le service d'oncologie pédiatrique. Personne en vue. On se glisse à l'intérieur. Valentine regarde les portes en barbe à papa avec des yeux ronds. Je frappe trois petits coups à la porte de la chambre berlingot, et j'entraîne Valentine à l'intérieur. Hugo est en train de lire. Il lève la tête, et il sourit.

— Hugo, Valentine. Valentine, Hugo.

— Salut, Valentine.

Valentine se cramponne à ma main, parce que parfois, elle est un peu timide.

— Tu lis quoi ?

— *Jonathan Livingston le goéland.*

— C'est quoi ?

— C'est l'histoire d'un goéland qui vit avec son clan. Les autres goélands volent juste pour se nourrir, mais Jonathan, lui, il vole plus haut et plus vite que les autres pour découvrir le monde. Du coup, les autres le rejettent. Mais il se fait des nouveaux amis. Vous voulez que je vous lise des passages ?

On s'assoit en face de lui en l'écoutant de toutes nos forces.

— *Mes frères ! s'écria Jonathan. Mille années durant, nous avons joué des ailes et du bec pour ramasser des têtes de poisson, mais désormais nous avons une raison de vivre : apprendre, découvrir, être libres !*

Hugo, quand il lit, il met vraiment des belles intonations. Comme Maxence. Du coup, quand on l'écoute, on a l'impression de voler.

— Je vous lis juste des phrases que j'aime bien : « *Tu peux t'élever davantage encore, car tu as voulu apprendre.* » « *Le goéland qui voit le plus loin vole le plus haut.* » « *Ce que je veux, c'est savoir ce qu'il m'est possible de faire, et ce qu'il ne m'est pas possible de faire.* » « *Le paradis n'est pas un espace et ce n'est pas non plus une durée dans le temps. Le paradis, c'est simplement être soi-même parfait.* » « *Découvrez ce que vous aimeriez faire, et faites tout votre possible pour y arriver.* »

Valentine et moi, on écoute chaque mot. On les boit avec notre cerveau, et on a encore très soif.

— Il y en a une autre que j'aime bien : « *Votre corps, d'une extrémité d'aile à l'autre, n'existe que dans votre pensée, qui lui donne une forme palpable.* »

Cette phrase-là, elle plaît vraiment à Valentine. Parce que son corps, elle voudrait vraiment qu'il n'existe que dans sa pensée. Les phrases d'Hugo sont tellement belles qu'elles remplissent toute la pièce. Quand on dit des mots, ils sortent de notre bouche, et après, ils existent pour de vrai. C'est pour ça qu'il faut faire vachement attention à ce qu'on dit. Je m'avance vers Hugo.

— Je t'ai ramené ta locomotive.

— Tu pouvais encore la garder, tu sais.

— J'ai un cadeau pour toi.

— C'est vrai ?

— C'est un oiseau de mots. Il faut écrire ses rêves dessus. Comme ça, l'oiseau les emportera, et ils se réaliseront.

— C'est super !

— Il faut écrire doucement, pour pas lui briser les ailes. Valentine et moi, on a déjà écrit nos vœux.

Hugo regarde ce qu'on a écrit : « Revoir Maxence », « Être un nuage ». Il prend un crayon, et il écrit lentement : « Vivre. »

9

Aujourd'hui, c'est la Saint-Valentin, la fête des amoureux. Maxence disait que les fêtes, c'est pour les cons. Pour leur faire dépenser de l'argent. Que quand on aime quelqu'un, on n'a pas besoin d'attendre le 14 février pour le lui dire. Mais pour moi, le 14 février, c'est pas la Saint-Valentin. C'est la Sainte-Valentine. La fête de la plus gentille anorexique de la terre.

On mange tous ensemble dans le réfectoire. Valentine ferme les yeux quand on remplit son assiette, parce qu'elle ne sait pas comment elle va pouvoir manger tout ça. Valentine veut juste être un oiseau et voler jusqu'au bout du monde, être aussi légère qu'une brise d'été. Elle ne veut plus avoir de corps. Je lui souris pour l'encourager, parce que si elle ne mange pas, ils vont l'enfermer à nouveau et qu'elle sera encore plus malheureuse. Pas très loin d'elle, il y a Sabrina, qui a commencé à maigrir et qui ne rêve que d'une chose : manger plus. Elle reluque nos assiettes avec envie, parce qu'elle n'a droit à rien. La vie est vraiment mal faite. Il faudrait mélanger Valentine et Sabrina, et bien secouer. Elles s'entendent bien, toutes les deux. À la fin du repas, Sabrina entoure Valentine avec ses grands bras.

— Tu te sens comment ?

— Comme un oiseau qui écoute du hard rock. Et toi ?

— Comme un hippopotame qui rêve de voler.

Romain éclate de rire.

— Eh, vous vous croyez où, les filles, au zoo ?

J'attends que Sidonie ait fini sa tournée et je me faufile dans le couloir. Personne à l'horizon… J'ai l'impression de danser sur le carrelage froid. Je gratte doucement à la porte de Valentine. La porte s'ouvre. J'entre et elle la referme sur moi. La lune brille dans la nuit. J'aime sa présence. Je tends une petite enveloppe à Valentine.

— Tiens, c'est pour toi.

Valentine, quand on lui offre un cadeau, elle l'ouvre pas tout de suite. Elle le regarde, elle le renifle, elle le soupèse. Elle essaye de deviner ce qu'il y a dedans, mais comme elle arrive pas à savoir, elle l'ouvre un petit peu quand même et elle glisse un œil à l'intérieur, pour avoir des indices. Quand elle peut vraiment plus faire autrement, elle l'ouvre en entier, les yeux fermés, et elle le touche. Ensuite, elle ouvre un œil, puis l'autre et, enfin, elle regarde le cadeau bien en face. Mon cadeau, c'est une feuille de papier. Dessus, j'ai dessiné une très belle bougie du mieux que j'ai pu.

— Pourquoi tu m'offres un dessin avec une bougie ?

— C'est pour quand il fait noir et que tu es triste. Pour que tu saches qu'il y a toujours une petite lumière.

Elle se tourne vers moi en souriant.

— Et maintenant ?

— Je t'emmène dîner.

— Oh non ! Pas encore !

Je prends la couverture posée sur son lit et je l'étale par terre. On s'assoit dessus. La lumière danse sur le mur. On fait des animaux avec nos doigts. Il y a des lapins avec une oreille plus petite que l'autre, des oiseaux des îles, des éléphants un peu tordus, des crocodiles gentils, des dromadaires ratés et des poissons sans arêtes.

— Je te propose un vrai dîner d'anorexique.

— C'est quoi, un dîner d'anorexique ?

— C'est un dîner où on mange rien que des nuages. Des nuages à des tas de parfums. Pour commencer, je te propose une soupe de nuage aromatisée à la coriandre.

— D'accord.

Je la regarde manger sa soupe au nuage, gracieuse, légère… Aussi légère qu'un murmure.

— C'est bon ?

— Très.

— T'as encore faim ?

— Plus trop…

— Tiens, prends une tranche de nuage rôti.

— Miam !

On mâche nos nuages lentement, pour les déguster.

— Slimane… Tu crois qu'on va rester longtemps ici ?

— Sur cette terre ?

— Non. Ici, à l'hôpital.

— Tu voudrais t'en aller ?

— Oui. Je voudrais être un ballon dans la main d'un enfant. Un ballon rouge, rempli d'oxygène. L'enfant lâcherait la ficelle, je serais portée par le vent, et je flotterais dans les nuages pour toujours.

— Je lèverais la tête, et je te verrais.

— Et tu viendrais me rejoindre ?

— Oui. Je viendrais avec Maxence.

— Qu'est-ce qu'il lui est arrivé, à Maxence ?

— …

— Tu veux pas me raconter ?

— Je peux pas.

— Quand tu pourras, tu me le diras ?

— Oui.

— Promis ?

— Promis.

Elle jette son regard à des milliers de kilomètres, comme si elle voyait des choses très loin d'ici. Comme faisait Maxence, quand il était dans ses pensées.

— Des fois, j'ai peur.

— De quoi ?

— Du monde, et de tout le reste. Je me dis que j'arriverai jamais à m'adapter à la vie.

— Maxence, il voulait vivre au Pays sans Adultes. Peut-être qu'il l'a trouvé, maintenant…

Elle plonge ses yeux en ébullition dans les miens, pour lire entre mes lignes, et elle glisse sa petite main dans la mienne. Une petite main un peu froide, perdue au milieu de nulle part. Je la serre doucement pour qu'elle se brise pas en mille morceaux. Je lui sers une compote de nuages, et elle me fait un sourire de fée.

— C'est une compote de nuages multicolores. Je les ai cueillis au moment où le soleil se couchait.

— Hum ! C'est bon !

Parfois, le silence, c'est comme un langage mystérieux. Un langage qui murmure des jolies choses inaudibles, comme une vibration magique enroulée autour de nous. Le silence avec Valentine, je voudrais que ça dure des heures. Je tends l'oreille, mon cœur capture sa respiration.

— Et si on jouait ?

Elle me regarde, perplexe.

— À quoi ?

— On pourrait jouer à compter tes os.

Ça la fait rire. Elle descend pudiquement sa chemise de nuit pour me montrer son dos. Ses côtes, on dirait des boomerangs échoués là par hasard.

— Un, deux, trois, quatre, cinq…

Dans le ciel, il n'y a plus aucun nuage. Normal, on les a tous mangés ! Il y a des soirs comme ça, où je sais que Maxence est là, tout près. Des soirs où je me dis qu'on va tous s'en sortir. Surtout quand Valentine éclate de rire. Des soirs où la lune est si grosse qu'on dirait qu'elle va accoucher d'un milliard de toutes petites lunes qui vont éclairer le monde entier.

10

Ce soir, Marguerite a la couleur d'un parchemin que Maxence m'a montré une fois dans un musée. C'est sa tête des jours je-suis-méchante-mais-je-dérouille-quand-même.

— Tu es pire qu'un pot de colle, mon pauvre Slimane. On dirait une mouche, toujours à rôder. Qu'est-ce que tu me veux, à la fin ?

— Bonjour, Marguerite, moi aussi, ça me fait plaisir de vous voir. Vous êtes très radieuse aujourd'hui.

Je pourrais porter plainte au commissariat juste pour le regard qu'elle me lance. C'est une Marguerite sur laquelle la vie a mis beaucoup de désherbant. Il n'y a plus de graines, plus d'eau, plus rien. Sa terre est complètement sèche.

— Vous avez des enfants ?

— Toujours tes fichues questions !... Oui, j'en ai. Malheureusement... Ça te va ?

— Combien ?

— Un seul, Dieu merci !

— C'est un garçon ou une fille ?

— Je ne sais pas. C'est quelque chose entre les deux. Un garçon, je crois.

— Et alors ?

— Alors quoi ?

Elle soupire en essayant de se tourner vers la gauche de son lit, mais la sonde qu'elle a dans le bras l'en empêche.

— Attendez, je vais vous aider…

— M'aider à quoi ? Tu es encore plus à plaindre que moi.

Dans sa voix, il y a un gros tremblement de terre, avec éboulement et tout et tout.

— Merci, trop aimable.

On s'affronte du regard. Combat de coqs.

— Votre fils, vous l'aimez ?

— Non.

— Pourquoi ? Il n'est pas aimable ?

— Non.

— Ça doit être de famille…

— Espèce de petit morveux !

— Vous n'êtes pas une marguerite, vous êtes une ortie.

— Personne ne t'oblige à venir me voir. Il faut croire que tu es maso…

— Pourquoi vous l'aimez pas, votre fils ?

— Parce qu'il est con. Si tu veux savoir, je me sens même coupable d'avoir mis au monde un con pareil. De toute façon, personne n'est obligé d'aimer sa famille.

« Personne n'est obligé d'aimer sa famille. » Je pense au Démon…

— Qu'est-ce que vous faisiez comme métier, avant ?

Elle a beau lever les yeux au ciel parce que ça l'énerve que je lui pose des questions, je suis sûr que ça lui fait quand même plaisir. Je sais que personne ne s'intéresse à elle. Je sais que c'est une marguerite complètement seule, enfermée dans une serre.

— J'étais institutrice, si tu veux tout savoir.

Ça me coupe le souffle.

— Vous, institutrice ? Vous plaisantez ?

— Est-ce que j'ai une tête à plaisanter ?

— Ça, aucun risque ! Vous n'avez jamais une tête à plaisanter.

Elle me regarde méchamment, et je suis vraiment content qu'elle soit allongée dans un lit avec une sonde dans le bras.

— Comment vous avez pu être institutrice ? Vous détestez les enfants !

— Figure-toi qu'il y a un lien de cause à effet.

— Vous les trouvez si méchants que ça, les enfants ?

— Pas méchants. Juste inutiles.

— Ça, c'est la meilleure ! Nous, inutiles ? C'est vous, les adultes, qui êtes inutiles. Vous faites n'importe quoi, vous polluez tout et vous n'avez même plus de rêves dans le cœur.

— Vous aussi, vous faites n'importe quoi et vous polluez tout, sauf que comme vous êtes petits, ça se voit moins. Quant à vos rêves, ils sont complètement crétins, et de toute façon, ils ne dureront pas.

— Ça, c'est ce qu'on verra. On n'est pas obligé de devenir comme vous.

— Si. C'est dans l'ordre des choses.

— Non. Maxence, il disait qu'on peut « déprogrammer la méchanceté des cellules du corps ».

— C'est qui, ce Maxence ?

— C'est un grand philosophe, vous pouvez pas comprendre.

— Je m’en fiche pas mal de tes histoires. Allez, fiche-moi le camp !

Je ne deviendrai jamais adulte. Il ne me reste plus beaucoup de rêves, mais ceux qui me restent, je vais les planter dans la terre et je vais beaucoup les arroser, pour qu’ils grandissent et qu’ils donnent des jolies fleurs. Je vais faire ça pour Maxence, pour que, depuis le Pays sans Adultes, il voie que mes minuscules petites graines ont donné de beaux arbres fruitiers.

11

À l'hôpital, il y a un accueil religieux. Un pour les juifs, un pour les musulmans et un autre pour les catholiques. Souvent, quand je crapahute, je vois des gens y aller. Un jour, j'ai vu une femme entrer en larmes et ressortir en souriant. J'ai pas vraiment compris ce qui s'était passé là-dedans, mais ça m'a donné envie d'y aller, moi aussi. La religion, j'y connais rien. Il y en a qui disent que ça sert à affronter la vie. Maman, elle affronte pas la vie avec des croyances, elle l'affronte avec de l'eau de Javel. Elle récure, elle détache, elle désinfecte. Le Démon, lui, il doit être « biériste », parce qu'il croit rien qu'à la bière. Je m'échauffe un peu le cœur, histoire de me présenter en forme devant Dieu, et je pousse la porte. C'est petit et un peu sombre. Un homme me tourne le dos. Je me racle la gorge.

— … Bonjour…

— Bonjour.

J'ouvre la bouche, mais je suis trop intimidé pour parler.

— Tu t'appelles comment ?

— Slimane.

— Bonjour, Slimane.

Il me regarde avec des yeux gentils.

— Vous êtes qui ?

Ça le fait rire.

— Je suis l'imam de l'accueil religieux.

— C'est quoi un imam ?

— En arabe, « imam », ça veut dire « devant ». Je dirige la prière.

— Comment vous avez été choisi ?

— Disons qu'on a considéré que j'étais une autorité morale, que je connaissais bien les prières et que j'étais capable d'expliquer le Coran.

— Vous savez beaucoup de choses, alors ?

— Certaines choses, oui ! Mais je continue à apprendre, tu sais.

— C'est quoi exactement, être musulman ?

— Les musulmans croient en Dieu. Pour eux, c'est l'Être suprême, celui qui sait tout.

— Mais comment vous pouvez être sûr qu'il sait tout ? Si ça se trouve, il bluffe !

Un sourire passe sur son visage.

— Le musulman s'en remet complètement à Allah, qui est le Dieu unique.

— Vous voulez dire qu'il n'y a pas d'autre dieu ?

— Non. Rien ne peut lui être comparé. C'est le premier et le dernier.

— Mais vous en êtes sûr ? Vous avez fouillé partout ?

Il me regarde avec indulgence. Je tourne et retourne toutes sortes de questions dans ma tête. J'ai le cerveau qui fume, même si je sais que c'est interdit dans les lieux publics.

— Et Mohamed, c'est qui exactement ?

— C'est le fondateur de l'islam. Il s'est adressé aux chrétiens et aux juifs, et il leur a dit : « Je suis venu parfaire votre religion. » Il a dit aussi : « Je suis le sceau des prophètes. »

— Le sot des prophètes ? Il croyait qu'il était bête ?

Il éclate de rire.

— Non ! Ce qu'il voulait dire, c'est qu'il était le dernier prophète et qu'après lui, il n'y en aurait plus d'autre.

— Il est gonflé, quand même ! Comment il pouvait en être sûr ?

— Parce qu'il a eu une révélation.

— C'est quoi, en vrai, un prophète ?

— C'est quelqu'un qui transmet aux autres la parole de Dieu. Ça peut être une bonne nouvelle, mais aussi des reproches ou un avertissement.

— Le proviseur de l'école, c'est un vrai prophète alors, parce qu'il n'arrêtait pas de nous dire : « Si vous continuez à courir dans les couloirs, je vous avertis que vous serez punis. »

— Ça, ce n'est pas tout à fait la même chose, Slimane !

— Moi, j'aimerais bien faire prophète quand je serai grand.

— Pourquoi ?

— Pour que les gens arrêtent de souffrir. Ce que je voudrais, c'est fabriquer des mots doux pour cajoler leur tristesse et les faire sourire.

Il me regarde avec ses bons yeux qui ont lu tout un tas de textes sacrés.

— Reviens me voir quand tu veux.

— C'est vrai ? Je peux revenir même si je suis pas musulman ?

— Bien sûr ! Ça me fera toujours plaisir de répondre à tes questions.

Il pose sa grande main sur mon épaule. Une main douce et ferme, en forme de gouvernail. Quand je serai grand, c'est sûr, je serai prophète !

12

Le docteur Lemoine a mis une nouvelle photo dans son bureau. C'est une photo de mer, mais une comme j'en avais encore jamais vu. Une mer bleue et transparente, endormie sur un sable entièrement blanc. Cette photo, elle me fait penser au Pays sans Adultes.

— C'est une photo d'où ?

— Des Seychelles.

— C'est loin ?

— Assez, oui.

Peut-être qu'un jour, j'irai aux Seychelles, sur le travelator. Bien sûr, sans Maxence, ce sera pas pareil. Penser à ça me fiche un cafard pas possible. Un gros cafard énorme, comme il y en avait souvent dans la cuisine. Le Démon, il adorait pulvériser du produit sur eux. Après, il n'y avait plus de cafards, mais on était obligé d'ouvrir toutes les fenêtres en grand, tellement ça sentait mauvais. Mais je sais que même si on me pulvérisait des tonnes de produits, mon cafard, il serait toujours là.

— Qu'est-ce qui se passe, Slimane ?

Je réponds pas. Mes yeux sont collés aux Seychelles.

— Tu peux prendre la photo, si tu veux.

— C'est vrai ?

Il se lève pour la décrocher, et il me la tend.

— Tiens.

— Merci.

Je la garde serrée contre moi. Des tas de questions se bousculent dans ma tête.

— Pourquoi elle mange pas, Valentine ?

— Demande-le-lui. Je n'ai pas le droit de parler des autres patients.

— Pourquoi ? C'est un secret ?

— Oui. Ce qu'on me confie, je le garde pour moi.

— Vous êtes un bon confident, alors !

— Absolument.

— Vous êtes une tombe, quoi.

— Tout à fait. C'est pour ça que tu devrais me parler.

— Vous connaissez le service d'oncologie pédiatrique ?

— Oui !

— Eh ben, eux, ils ont des cours de peinture.

— On peut en faire ici aussi.

— Moi, ce que j'aimerais, c'est prendre des cours avec eux.

— Avec les enfants qui sont en oncologie pédiatrique ?

— Oui.

— Pourquoi ?

— Je peux pas vous dire pourquoi. Mais je voudrais.

— Ça va être compliqué de mélanger les deux services.

— Pas mélanger. Juste Valentine et moi.

Il me regarde longtemps, sans parler. Je vois bien qu'il se pose des questions. J'ai envie de lui parler d'Hugo, mais je peux pas. Alors j'attends qu'il prenne sa décision.

— C'est d'accord. Je vais voir ça.

— Vous me le jurez ? Vous êtes pas en train de me miroboler ?

— Je te le jure.

— Merci.

Il me raccompagne jusqu'à la porte en souriant. Je serre la photo des Seychelles contre moi, et en rentrant dans ma chambre, je fais des sourires au couloir. Maintenant, nos chambres, elles portent des noms. La mienne s'appelle « Le Pays sans Adultes », celle de Valentine « Nuage ». Romain, il cherche encore un nom. La chambre de Charline change de nom tous les trois jours, alors je sais même plus comment elle s'appelle, aujourd'hui. Sabrina, elle, elle a beaucoup réfléchi, et finalement, elle a décidé d'appeler sa chambre « Grenier », parce que c'est là qu'on garde plein de trucs. Même des qui servent à rien.

13

Maman entre dans ma chambre, sans foulard sur la tête, sans lunettes noires. Avec ses cheveux tout blonds, sans aucune racine. Moi non plus, je n'ai plus de racines. Ma vraie racine, c'était Maxence. Avec lui, je savais toujours d'où je venais et où j'allais.

— Ça va, Slimane ?

Elle sourit, pour faire croire que tout va bien. Je réponds pas, parce que je peux pas. Je réponds pas, parce que j'ai plus de famille.

— Je t'ai apporté des gâteaux.

Je suis anorexique de la parole. Je vois bien que maman s'est fabriqué une jolie figure dans le miroir, ce matin. Mais comme je reste silencieux, sa figure devient de plus en plus floue. Ses yeux s'éteignent et son sourire s'efface. La figure de maman, c'est comme un livre avec des tas de choses marquées dessus. La figure de maman, c'est un livre triste qui donne envie de pleurer. Je tourne la tête vers le ciel, et je pense très fort à Maxence, à Hugo et à Valentine. Je compte les nuages pour qu'il y ait du silence dans ma tête. Maman s'assoit sur la chaise, juste à côté de mon lit, et elle dit plus rien. Dans le ciel, un petit nuage blanc est poursuivi par un gros nuage gris. Je le suis des yeux en espérant qu'il va pouvoir se sauver, mais le gros nuage le rattrape et l'avale presque. Je sais pas pourquoi, mais ça me donne envie de pleurer. Je retiens mes larmes. Une boule aussi grosse et aussi ronde que la Terre se met en travers de ma gorge. Ça fait de plus en plus mal, j'ai les yeux qui piquent. L'heure est écrite en bas de la télé. Je vois les secondes défiler. Ça fait presque une heure que maman est là. Une heure qui dure une éternité. Elle se lève et elle pose sa main sur mon bras. Ça me fait sursauter, mais mes yeux restent fixés sur le ciel. Je ne veux pas tourner la tête vers elle. Je ne veux surtout pas la regarder.

— Il faut que j'y aille. Je reviendrai te voir, Slimane.

Dans sa voix, il y a des sanglots. Des sanglots bâillonnés, pour qu'ils restent silencieux. Je l'entends marcher lentement jusqu'à la porte, comme si elle portait des sacs remplis de pierres.

— Slimane…

Elle veut dire quelque chose, mais je ne veux rien entendre. Je bouche mes oreilles en fermant les yeux, pour ne plus rien voir. Elle hésite. La porte se referme derrière elle. Dans le ciel, tous les petits nuages blancs ont été dévorés par les gros nuages gris. Mes yeux débordent brutalement. Je suis assis sur le lit, mais je ne peux plus me tenir droit. Mon corps se courbe exactement comme un arbre que j'ai vu, un jour de tempête. Mes branches s'emmêlent, je perds toutes mes feuilles. Il n'y a plus aucun bourgeon, je suis noyé dans mon chagrin. Je n'entends pas la porte s'ouvrir, mais dix secondes plus tard, je me retrouve en train de pleurer dans les bras tout maigres de Valentine. Des bras qui me serrent très fort, comme si nos vies entières en dépendaient. Elle aussi se met à pleurer. Nos torses se soulèvent en même temps, nos larmes se mélangent pour former une seule mer. On devient la même personne, ballottée par le chagrin. On pleure toutes les larmes de nos corps, jusqu'à la dernière goutte. Une fois qu'on est bien essorés, on s'allonge sur le lit, épuisés, en se tenant par la main. Dans le ciel, des petits nuages blancs fleurissent partout, et courent avec le vent. Le visage de Valentine est tout chiffonné. Il faudrait le repasser pour chasser les faux plis.

— Val, ils sont comment, tes parents ?

— Ils se disputent tout le temps.

— Pourquoi ?

— Je sais pas trop… Ça a commencé avant que je naisse. Mon père m'adorait beaucoup, avant.

— Avant quoi ?

— Avant que je grandisse. Un jour, il m'a dit qu'il aimerait que je reste toujours une petite fille. Je lui ai promis, mais j'ai quand même grandi. Maintenant, il m'aime plus. Il préfère ma petite sœur.

— Mais si, il t'aime !

— Non. Je l'ai trahi.

— …

— Mes parents, je me demande vraiment pourquoi ils se sont mis ensemble, dans la même maison. Ils ont rien en commun. Mon père, il adore manger, et ma mère, elle fait toujours attention à tout ce qu'elle avale. Dès que l'un a le dos tourné, il faut toujours que je montre à l'autre que c'est mon préféré. Ils me nourrissent l'un après l'autre, c'est l'enfer ! Ma mère, elle m'a jamais prise dans ses bras. Quand j'étais petite, je croyais même qu'elle avait des faux bras.

— C'est pour ça que tu manges plus ?

— Moi, ce que je voudrais vraiment, c'est que mon père me préfère encore. Avant, il me racontait des tas d'histoires super chouettes, que j'avais jamais entendues avant. Et il m'offrait des cadeaux bizarres. Souvent, je savais même pas à quoi ça servait. Ma chambre, elle est pleine d'objets qui servent à rien et qui sont même pas jolis. Mais ça me plaisait.

— Ma mère, un jour, elle a fait une fausse couche. Elle s'est courbée en deux, et il y a du sang qui a coulé entre ses jambes. Il y avait une petite fille dans son ventre. Moi, je sais pourquoi elle voulait pas rester dans maman. C'est parce qu'elle voulait pas avoir le Démon comme père. Elle a été plus futée que nous. Elle s'est envolée avant de venir au monde…

— Pourquoi tu l'appelles le Démon, ton père ?

— …

— Moi, je t'ai raconté…

— C'est parce que c'est même pas un vrai père.

— C'est un père de déguisement, quoi.

— …

— Et ta mère ? Je l'ai vue, tout à l'heure. Elle pleurait.

— …

— Elle a l'air gentille.

— Non, elle est pas gentille.

— La mienne non plus.

— Valentine, je voudrais que tu saches que le monde entier n'est pas comme eux.

— Qu'est-ce que t'en sais ? T'y es allé, toi, dans le monde ?

— Non, mais Maxence, il disait…

— Slimane, il est mort, Maxence.

— Non, il est pas mort !

Elle me regarde avec un petit sourire triste.

— Oui, je sais. Il est au Pays sans Adultes.

Elle a glissé sa petite main dans la mienne, et en se touchant, nos peaux ont fait des étincelles dans nos nuits trop noires.

Aujourd'hui, Valentine et moi, on a le droit d'assister au cours de peinture, avec Hugo et les autres. Sidonie nous accompagne. Ça me fait tout bizarre d'être escorté officiellement vers le service d'oncologie pédiatrique. D'habitude, les couloirs, je les vois que le soir, mais là, un peu de soleil les éclaire. Valentine me tient par la main, parce qu'elle a peur de se retrouver au milieu des autres enfants qu'elle connaît pas. Hugo n'est pas dans la chambre berlingot. Il est dans la salle commune avec les autres. Il y a Anaïs, Manon, Florian, Quentin, Lucas, Ingrid. Quand on entre dans la salle, des tas d'yeux s'arrêtent sur nous. Valentine aimerait être encore plus transparente. Elle s'agrippe à ma main, et moi, j'essaye de la serrer le plus fort possible, pour qu'elle sache que je suis là. Hugo nous fait des grands sourires. La maîtresse de peinture a des cheveux roux, du maquillage plein les yeux, et des grosses lunettes, pour bien voir tous les détails de la vie. La maîtresse de peinture s'appelle Marion Delasalle et elle est habillée comme personne d'autre que je connais, avec un grand pantalon noir, des bottes de quinze kilomètres de long qui recouvrent presque toutes ses jambes, et un châle orange qui enveloppe ses épaules. Marion Delasalle, elle a une voix rauque qui remplit toute la pièce, et on dirait qu'elle vient tout juste de sortir d'un tableau. Sur les tables, devant nous, il y a des peintures de plein de couleurs différentes.

— Réfléchissez à ce que vous voulez exprimer, choisissez des couleurs, et allez-y.

Je réfléchis, mais il y a rien qui vient. Valentine plonge son pinceau dans du bleu, et elle fait un grand ciel. Ensuite, elle rajoute dessus des nuages tout blancs. Et puis elle fait une petite fille allongée dessus. Hugo, lui, il fait un grand oiseau qui vole tellement haut qu'il sort presque de la feuille. Manon penche sa figure avec son crâne tout chauve sur son dessin, et elle fait une petite fille avec des cheveux très, très longs. Marion Delasalle passe parmi nous, et elle regarde ce qu'on fait en nous encourageant. Quand elle arrive à côté de moi, j'essaye de cacher ma feuille toute blanche, mais elle la voit quand même.

— Tu n'as pas d'inspiration ?

Je prends une grande inspiration, pour être vraiment sûr.

— Non.

— Pense à des mots, et écris-les sur la feuille.

— N'importe quels mots ?

— Oui. Tous ceux qui te passent par la tête.

Je prends mon crayon, et j'écris sans réfléchir : « Maxence, mer, noir, maison, seul, nuit, Pays sans Adultes. » Marion lit tous mes mots, et après, elle me regarde en souriant.

— Maintenant, essaye de dessiner ce que t'inspire l'un de ces mots. N'importe quoi. Prends des couleurs et dessine.

Avec mon pinceau, je fais des flaques de couleur sur la feuille. Puis, je trempe mes mains dans les peintures et je les écrase sur la feuille pour en faire des trèfles à cinq feuilles. Je tape du poing dans une mare de bleu, je caresse du jaune, je virevolte dans du rose, je me la coule douce en vert, je m'écrase dans du noir. Les autres me regardent et font comme moi. Ils trempent leurs mains dans la peinture, et ils les écrasent sur la feuille. La vie devient multicolore. On éclate tous de rire. Sur le mur, il y a une grande feuille blanche avec des mains vertes, des doigts de fées, des soleils éclatants et des bouches en cœur.

Marion Delasalle nous sourit gentiment, avant de s'en aller.

— La prochaine fois, les enfants, on fera de la peinture sur soie.

Moi, ce que j'en dis, c'est que la peinture sur moi, ça a l'air terrible, et que j'ai hâte d'y être !

Les autres enfants retournent dans leurs chambres. Je reste avec Hugo, Valentine et un autre garçon, qui s'appelle Quentin. Hugo, dans un de ses dessins, il a fait un docteur avec une blouse blanche.

— Moi, ce que je voudrais, c'est être un chirurgien. Pour réparer tous les gens cabossés. Et toi, Slimane ?

— Moi, je voudrais être comme Mary Poppins, pour claquer dans mes doigts et rendre la vie plus belle. Et toi, Val ?

— Moi, je voudrais être une brise légère, pour parcourir le monde et être invisible. Une brise d'été, pour rafraîchir les gens quand il fait trop chaud.

Quentin nous regarde, consterné.

— Pfff ! Vous êtes vraiment trop nazes ! Moi, je veux être pompier.

Pompier, moi, je trouve ça génial.

— Pour éteindre les feux qui brûlent trop fort dans nos cœurs ?

— Ben non ! Pour éteindre les incendies dans les immeubles !

Hugo, Valentine et moi, on éclate de rire. D'abord doucement, puis de plus en plus fort. Ça fait comme une grosse avalanche, avec des flocons de rire qui nous recouvrent entièrement. Quentin nous regarde en fronçant les sourcils.

— Ben quoi ? Qu'est-ce qu'il y a de drôle ?

On rit encore plus fort, et nos douleurs ont soudain meilleure mine. Des larmes de joie coulent de nos yeux et maculent nos visages. On les essuie avec nos mains pleines de peinture. On ressemble à des Sioux, comme ça.

Une petite fille entre dans la salle et sourit en nous voyant. Je l'ai encore jamais vue avant, mais Hugo a l'air de très bien la connaître.

— Salut, Blanche. Je te présente mes amis, Slimane et Valentine.

Elle s'avance pour nous serrer la main. Puis, elle soulève son tee-shirt. Sur son bras, il y a une grosse boule, aussi ronde que la terre.

— Bonjour. Je vous présente ma tumeur. Elle s'appelle Joséphine.

— …

— Vous pouvez vous approcher, elle mord pas.

Joséphine, c'est une grosse bosse sur le bras de Blanche. Mais je fais semblant de rien, comme si Joséphine, c'était une vraie personne comme nous.

— Ça fait longtemps que t'es là ?

— Quatre mois. Mais je vais pas rester longtemps.

— Ah bon ? Tu vas sortir ?

— Non, je vais mourir.

— …

Quentin entoure Blanche avec ses bras.

— Mais non, tu vas pas…

— Si. Je le sais. Ça me dérange pas, moi. Au contraire, je rejoindrai Thibault, comme ça.

Ça me fait tout bizarre ce qu'elle vient de dire.

— C'est qui, Thibault ?

— C'est mon amoureux. Il était ici, avant.

— Et maintenant, il est où ?

— Il m'avait promis qu'on resterait toujours ensemble, mais il y a un mois il est mort.

— …

— Je suis contente de le rejoindre. C'est pour mes parents que j'ai de la peine. Je sais pas comment ils vont pouvoir supporter ça.

Hugo écoute Blanche attentivement, mais il n'a pas l'air triste.

— Tu lui diras bonjour de notre part, à Thibault, hein ? T'oublieras pas ?

— Bien sûr que non !

— T'inquiète pas pour tes parents, on s'en occupera, nous.

— Promis ?

— Promis.

— Merci.

Hugo prend Blanche et Joséphine dans ses bras. Quentin les rejoint. Valentine et moi, on hésite à les déranger, mais finalement, on s'approche et on les prend aussi dans nos bras. Ensemble, on forme une pieuvre géante et multicolore, avec des tas de tentacules remplis d'amour.

14

Sidonie prie souvent parce qu'elle croit beaucoup en Dieu. Moi, je sais pas trop ce que ça veut dire, croire en Dieu. C'est comme de croire à une présence même quand il n'y a personne, et je trouve ça plutôt bizarre. Le père Thomas, il s'occupe de l'aumônerie de l'hôpital. Il est barbu et il joue de la guitare. J'aime bien discuter avec lui, parce qu'il est très gentil.

— Vous pouvez m'appeler mon fils si vous voulez, mais moi, je vous appellerai jamais mon père. Ça, c'est hors de question.

— C'est comme tu veux, Slimane. Je te l'ai déjà dit.

— C'est pas contre vous, mais un père, j'en ai déjà un, et franchement, ça me suffit.

— Appelle-moi Thomas, ce sera plus simple. Ok ?

— Ok, comme ça, ça va.

On se serre la main, d'homme à homme.

— Pourquoi vous êtes devenu prêtre ?

— Parce que j'avais envie de vivre pleinement ma foi.

— Votre foi dans quoi ?

— Ma foi en Dieu.

— Mais vous croyez que Dieu existe vraiment ? C'est pas comme le père Noël ?

— Non, c'est pas comme le père Noël !

— Maxence, il disait que les humains inventent toutes sortes de trucs pour se rassurer.

— Comme quoi, par exemple ?

— Comme votre Dieu.

— Et quoi d'autre ?

— Plein d'autres choses, à mon avis.

— Comme la PlayStation, le cinéma, ce genre de choses ?

— Non, ça, c'est pas pareil.

— Tu sais, ce qui compte, c'est pas qu'on croie à la même chose. C'est qu'on respecte les croyances des autres.

— …

— Tu crois à la PlayStation, toi ?

— Comme ci comme ça.

— À quoi tu crois ?

— À rien.

— C'est impossible que tu ne croies à rien. Cherche bien.

— Je crois à Maxence. Mais il vit très loin d'ici maintenant.

Il pose ses yeux sur moi.

— Il t'entend quand même si tu lui parles.

— Oui, mais il répond pas.

— Tu devrais tendre l'oreille, je suis certain qu'il te parle.

— Je suis au maximum de ce qu'on peut faire avec deux oreilles, il m'en faudrait d'autres.

— C'est avec le cœur qu'il faut écouter.

— Le mien, il est dur de la feuille.

Ça le fait rigoler.

— Et Jésus, qu'est-ce qu'il voulait au juste ?

— C'était le fils de Dieu…

« Liberté, égalité, fraternité », c'est rien que du pipeau. Jésus, il a eu Dieu comme père, alors que moi, on m'a refilé le Démon. Tu parles d'une justice !

— … Il a délivré un message d'amour…

La messagerie devait être saturée.

— … Un message de bonheur et de paix pour les pauvres, les malades, tous ceux qui souffraient.

— Un peu comme Bob Marley, mais sans le haschisch, quoi !

Le père Thomas éclate de rire.

— « Aimez-vous les uns les autres », c'est lui.

Maxence me disait ça, parfois : « On devrait s'aimer plus les uns les autres. » Un tout petit cafard est en train de grimper le long de mes veines et de se diriger droit sur mon cœur.

Le père Thomas me fait un sourire, et il se tourne vers d'autres personnes qui ont besoin de lui pour colorier leur journée. Je prends une grande inspiration, et je m'éloigne en courant pour échapper au cafard. Des fois, je me retourne et je sens mes mauvais souvenirs juste derrière moi, avec leurs mâchoires qui se referment sur mes mollets. Alors j'accélère, et je cours à la vitesse de la lumière, pour échapper à l'obscurité toute noire.

15

Hier soir, j'ai beaucoup réfléchi à Valentine. Je me suis dit que si elle continuait à refuser de manger, elle allait mourir comme Thibault et Blanche. Du coup, je me suis cassé la tête pour trouver une solution. Ça m'a pris une bonne partie de la nuit pour trouver ce qu'il fallait faire, mais je crois que ça y est. J'ai glissé un mot sous sa porte, pour lui donner rendez-vous dans ma chambre. Elle est arrivée à l'heure, habillée en rose, ses cheveux blonds emprisonnés dans un élastique. Mon cœur a fait un bond, comme à chaque fois que mes yeux se posent sur elle.

— Val, j'ai beaucoup réfléchi, et…

— T'as réfléchi à quoi ?

— À toi.

Elle a eu l'air surprise que quelqu'un passe du temps à penser à elle, mais ça lui a fait plaisir.

— Il faut que tu écrives à la nourriture.

— Comment ça, écrire à la nourriture ? Tu veux dire aux aliments ?

— Exactement.

— Aux carottes, à la purée, aux petits pois ?

— Exactement.

— T'es devenu fou, c'est ça ?

— Pas du tout. J'ai entendu un type à la télé dire que c'est avec ses ennemis qu'il faut faire la paix.

— …

— Me regarde pas comme ça !

— Je te regarde comment ?

— Comme si tu pensais que j'étais taré.

— Mais c'est ce que je pense, Slimane !

— Ok. Quel est le truc que tu détestes le plus ?

— …

— Alors ?

— Manger.

— Et ça fait pas tilt dans ta tête ?

— …

— Il faut que tu écrives à la nourriture, pour que tu recrées un lien.

Elle réfléchit à toute vitesse.

— Et toi, tu vas écrire à qui ?

— Heu… À Maxence.

— Non, ça, c'est trop facile. C'est avec ses ennemis qu'il faut faire la paix, non ?

— Et alors ?

— Quelle est la personne que tu détestes le plus ?

Je comprends tout de suite où elle veut en venir.

— Alors ?

— …

— J'écrirai à la nourriture si tu écris au Démon.

Un blanc tellement blanc a suivi qu'on se serait cru à la montagne. J'ai fermé la bouche pour éviter de vomir tous les repas que j'ai pris dans ma vie, et je l'ai regardée droit dans les yeux.

— T'as raison, c'était vraiment une idée débile.

— Non, pas du tout. C'est toi qui as raison. Alors, marché conclu ?

— Non… Ça, je peux pas…

Son regard se noie dans les larmes qui débordent de ses yeux. J'entends tout ce qu'elle pense, sans qu'elle prononce aucun mot : « T'es comme les autres, Slimane. Tu donnes des tas de conseils, mais t'es rien qu'un paumé. »

Elle s'en va sans faire aucun bruit, comme si elle n'existait pas. Dans ma chambre, les murs ont l'air de sangloter. Je suis rien qu'un lâche.

Pendant le dîner, Valentine ne me jette pas un regard. Elle fixe le poisson pané et les pommes de terre avachis dans son assiette. Le mercredi, c'est son pire jour. Elle déteste quand le poisson est pané, et elle ne supporte pas les pommes de terre. Heureusement qu'elles sont cuites à la vapeur et pas dans l'huile, sinon, ce serait l'enfer. Ce soir, elle n'arrive pas du tout à manger. Elle écrase son poisson. Ça devient de la purée de poisson pané. Je fais tout pareil qu'elle : j'écrase mon poisson et mes pommes de terre ensemble.

Des larmes coulent des yeux de Valentine et tombent dans sa purée de poisson, comme des huiles essentielles de tristesse. Les huiles essentielles, c'est des huiles qu'on cueille dans le ciel. Je peux pas supporter de la voir pleurer, alors je me lève pour chuchoter dans ses oreilles en forme de coquillage.

— D'accord, je vais écrire au Démon. Marché conclu ?

Elle pleure en souriant. Juste au-dessus d'elle, il y a un grand arc-en-ciel.

— Marché conclu.

Elle met sa petite main dans la mienne, et ça me fait des vibrations partout.

Une promesse, c'est une promesse. Mais quand même, assis devant ma feuille toute blanche, je me demande comment faire marche arrière, même si j'ai pas mon permis de conduire. Mais je sais que je ne peux pas faire marche arrière, à cause des yeux en ébullition de Valentine.

Cher Démon,

Non, je peux pas mettre « Cher ». « Pas cher Démon ». Non, ça sonne mal. Démon bon marché, Démon en soldes, Démon gratuit, Démon en promotion. Démon tout court (bien dégagé derrière le cerveau et le cœur).

J'aurais jamais imaginé t'écrire un jour, d'abord parce qu'on écrit qu'aux gens qu'on aime, ensuite parce que je sais même pas si tu sais lire. Rien que de penser à toi, j'ai la tremblote et les dents qui font des claquettes. Quand je pense à toi, je vois d'abord tes grosses mains moches qui s'écrasaient toujours n'importe où (sur nous de préférence), et ta bouche tordue comme si elle était décousue, et que même avec une machine à coudre, on n'aurait pas pu la réparer. Quand je pense à toi, tout devient noir, parce que tu rends vilaines même les plus jolies choses du monde. J'arrive toujours pas à comprendre comment je peux être ton fils. Max, il disait que c'était très possible que maman nous ait eus avec quelqu'un d'autre, avant qu'elle te rencontre, et que c'est pour ça que

t'avais tout le temps les boules. Je préfère croire à cette histoire et me dire que j'ai un vrai père quelque part. Un type bien qui peut pas venir me chercher parce que tu l'as menacé de mort. Je suis bien content que tu puisses plus faire de mal à Maxence, mais je comprends pas pourquoi c'est pas toi qui es parti. Je t'aurais payé le billet, même si j'avais dû travailler pendant des années rien que pour ça. J'espère qu'un jour, maman va se réveiller et que tu te retrouveras tout seul avec tes bouteilles de vin toutes pourries, et ton cœur en décomposition. Moi, je le sais que les Démons, ça existe pour de vrai, et pas que dans les contes pour enfants. Les Démons, ils vivent dans la vraie vie, sans que personne leur demande quoi que ce soit. Les Démons, ils ont le droit d'acheter de l'alcool et de taper leurs enfants. Dans la vraie vie, c'est toujours les Démons qui gagnent. Je trouve pas ça normal, mais je peux rien faire. Pour l'instant, on n'est rien qu'un peu de poussière que les adultes poussent sous le lit, comme on faisait, Max et moi, quand on n'avait pas envie de passer l'aspirateur. Mais un jour, nous, les enfants des Démons, on organisera un soulèvement, et ce jour-là, le monde entier sera bien obligé de nous entendre.
J'espère ne plus jamais te revoir.
Pas cordialement du tout.
Slimane

Quand j'ai reposé mon stylo, je me suis senti un peu bête avec ma lettre pour le Démon dans la main. Je l'ai pliée en quatre, puis en huit, et je l'aurais sûrement pliée en dix-huit mille cinq cents si je ne m'étais pas souvenu que je devais la faire lire à Valentine.

Valentine et moi, on échange nos lettres. La sienne est pliée en douze, et son écriture toute fine est recroquevillée au fond de la feuille. Elle prend presque pas de place, comme si elle craignait de déranger. La lettre de Valentine a le cœur qui bat. On s'assoit chacun à un bout de mon lit, et on lit en silence.

Chers poissons panés, pommes de terre, œufs. Chers petits poulets, porcs, courgettes, et chers autres aliments que je peux pas tous écrire parce que ça me prendrait trop de temps.
N'ayez pas peur, je ne vais pas vous manger. Vous n'avez rien à craindre de mon palais. Vous êtes des très gentils sujets, qu'on me force toujours à goûter. C'est pas que vous ne me plaisez pas, mais ma bouche est fermée. Si je vous mange, il va y avoir des réactions chimiques dans mon corps, et il va se transformer. Mon corps, il est XXS, et je veux pas qu'il devienne XXL à cause de vous. C'est pas de votre faute, surtout toi mon agneau, mais c'est l'effet que vous avez sur les corps des personnes. Mes veines, c'est des petits ruisseaux que je dois garder bien clairs, sans quoi plus aucun poisson ne voudra s'y baigner. Quand du poisson pané vient dans mon ruisseau, l'eau se trouble et après, plus rien n'est pareil. Je ne voulais plus aucune nourriture dans mes fleuves, mes ruisseaux et mes lacs, mais à l'hôpital, on m'a forcée. Maintenant, quand j'avale des carottes, des haricots verts ou des pommes, ça

va. Mais je supporte pas les plats avec de la sauce qui brille comme de l'or dans nos assiettes, alors que c'est rien que du toc. Quand Sidonie m'oblige quand même à manger, malgré que je pleure, ça m'entraîne au fond, et je ne peux remonter à la surface que quand j'ai bien tout digéré.
Mon père, il m'appelait son coquelicot, avant. J'aimais bien ça, parce que les coquelicots, ça pousse dans les champs et que ça se voit de loin vu que c'est tout rouge. Mais j'ai lu que ça meurt vite, quand on les enlève de la terre dans laquelle ils sont plantés.
Depuis quelque temps, je suis plus le coquelicot de mon père. C'est ma sœur son coquelicot, maintenant.
Le prenez pas mal, mais j'aimerais bien que vous ne veniez plus dans mon assiette. Il y en a plein d'autres dans le monde, des assiettes. Vous pourriez les visiter, comme ça, ça vous fera des tas d'expériences intéressantes à raconter.
Merci beaucoup de votre compréhension. J'espère que vous ne serez pas trop fâchés.
Valentine.

Quand on a fini de lire, on se regarde, et on comprend tout beaucoup mieux qu'avant.

— Je vais te dire un truc, Slimane. Il y a deux ou trois ans, j'allais à la piscine avec mon école. On était au moins trente ou quarante enfants. Il y avait des travaux dans une maison et un échafaudage sur le trottoir. La maîtresse a hésité, et puis elle a décidé de nous faire passer par le jardin. Tous les enfants sont passés sans problème. Quand ça a été mon tour, un gros chien énorme s'est jeté sur moi et il m'a mordu les fesses hyper fort.

— Pourquoi tu me racontes ça ?

— Tous les enfants sont passés, et il m'a mordue moi. Tu vois ce que je veux dire ?

— Heu… Non.

— Ça tombe toujours sur moi.

— Quoi donc ?

— J'en sais rien. Des poids lourds.

Des poids lourds sur une Valentine aussi légère, j'ai pensé que c'était vraiment inhumain.

— Je veux bien les prendre, moi, tes poids lourds.

— Comment ça ?

— T'as qu'à me les donner !

Elle a pris tous les poids très lourds dans le fond de son cœur, et elle me les a tendus. Je les ai pris, et je les ai mis dans mon cœur à moi, juste à côté du Démon et de mes autres souvenirs en larmes. Mon cœur a pris plusieurs kilos d'un coup, ce qui fait que je me suis un peu voûté, mais j'étais fier de porter les poids lourds de Valentine. Je me suis dit que j'allais leur permettre de circuler librement en moi, pour qu'ils puissent décharger leurs marchandises au bord d'une route, très loin d'ici.

— Slimane, à ton avis, combien de fées se sont penchées sur mon berceau ?

— Des tas !

— Elles avaient bu, alors.

— Pourquoi tu dis ça ?

— Parce que t'as vu dans quel état je suis ?

— C'est vrai qu'elles se sont peut-être un peu emmêlé les baguettes, mais…

— Un peu, beaucoup !

— Tu sais, je te trouve super.

— Merci.

— Moi, sur mon berceau, il y avait pas de fées. Juste un Démon.

— Estime-toi heureux qu'il y en ait eu qu'un seul, parce qu'ils auraient pu être plusieurs !

C'est comme ça que, finalement, je me suis dit que j'avais presque eu de la chance. C'est vrai, quoi, un seul Démon, la belle affaire !

Valentine a posé sa main sur mon bras.

— Attends !

Elle a couru dans le bureau de Sidonie, et elle est revenue dans la chambre avec quelque chose dans la main.

— Enlève ta chemise. Je vais te soigner.

— Hein ?

— Fais ce que je te dis.

J'ai rien compris, mais j'ai obéi aux ordres et je me suis retrouvé torse nu devant Valentine. Elle a pris le flacon de mercurochrome qu'elle avait dans la main, elle m'en a badigeonné le cœur, et elle a collé un beau pansement dessus.

— Voilà, maintenant, ça ira beaucoup mieux.

Elle m'a fait le sourire le plus radieux que j'ai jamais vu, et j'ai pensé que le mercurochrome, c'était vraiment magique.

16

J'ai décidé d'emmener Valentine voir Marguerite, parce que, même si la vieille bourrique a le cœur recouvert de goudron, quand elle verra Valentine, elle ressentira forcément quelque chose. On se glisse jusqu'à la chambre 55, et on entre sans frapper. De toute façon, ça sert à rien, Marguerite ne répond jamais. Dans sa chambre, ça sent le renfermé, comme si elle avait emprisonné tous ses sentiments dans une grande boîte, depuis très longtemps, et qu'ils avaient pourri lentement.

— Qu'est-ce que tu fiches encore là, toi ?

— Je vous ai amené quelqu'un.

Valentine a les pieds plantés dans le sol. Je la pousse pour qu'elle bouge.

— Bonjour, madame.

Les yeux de Marguerite se posent sur Valentine, toute frêle, avec son grand sourire dessiné sur sa toute petite bouche, et un nuage de douceur passe sur son visage. Il se passe quelque chose entre une vieille dame au çœur rance et une petite fille au cœur trop mou.

— Tu es bien maigre, toi.

Valentine rougit, et elle regarde ses chaussures parce qu'elle sait pas quoi dire. Je réponds à sa place.

— C'est normal. C'est parce qu'elle mange pas beaucoup.

— Pourquoi tu manges pas, ma petite fille ?

— C'est parce qu'on est déjà très nombreux sur terre, alors je m'arrange pour prendre le moins de place possible.

— J'ai rien à te donner, ma pauvre chérie. C'est simple, moi, j'ai plus droit à rien. Ni gâteaux, ni chocolat, ni rien.

— Pourquoi ?

— C'est ce fichu cholestérol. C'est comme ça quand on vieillit, on n'a plus droit à rien.

— Ah bon ? Mais qui vous l'interdit ?

— Le corps médical.

Le corps médical, ça m'a vachement impressionné, parce que c'est un très grand corps, fabriqué avec tous les docteurs du monde, une espèce de pieuvre gigantesque et vraiment effrayante. Alors j'ai parlé le plus doucement possible, pour que le corps médical ne puisse pas nous entendre.

— Et si vous mangez quand même ?

— Je risque de mourir.

J'ai pas trop osé le dire, mais j'ai trouvé ça merveilleux de mourir en se bâfrant. J'ai bien vu que Valentine était préoccupée. Elle a regardé Marguerite, avec son front magnifique qui faisait des tonnes de plis.

— C'est dingue quand même. Moi, on me dit que je vais mourir si je mange pas, et vous, on vous dit que vous allez mourir si vous mangez.

On s'est regardés tous les trois en se disant que la vie, c'était vraiment n'importe quoi.

— Ça fait combien de temps que vous n'avez pas mangé de chocolat ?

— Une éternité.

— Pourquoi vous êtes là ?

— Ils m'ont enlevé un caillot.

— C'est quoi, un caillot, c'est le bébé de la caille ?

Valentine, ça la fait rigoler. Du coup, Marguerite se met à rire aussi. C'est la première fois que je vois ses dents. Elles sont aussi jaunes que le soleil. Il y en a plus beaucoup, mais celles qui restent ont l'air de tenir le coup. J'ai mal au ventre tellement je ris. On est tout tordus, on n'arrive plus à respirer, on pleure. Nos torses se soulèvent, nos cœurs dansent la gigue. Ensemble, on fabrique de l'énergie renouvelable. On est en train de se développer durable.

Ce soir, Valentine et moi, on a regardé un film d'amour à la télé. Ça l'a fait pleurer, mais mes yeux à moi sont restés bien au sec.

— Moi, l'amour, je trouve ça nul.

Elle me regarde, ébahie.

— Ah bon ? Pourquoi ?

— Parce que quand quelqu'un t'aime, tu deviens sa chose.

— Non, pas toujours.

— Si, toujours. Ça commence soi-disant bien, tout le monde s'aime, mais après c'est la catastrophe. Tu te disputes pour un oui ou pour un non.

— Tu crois pas à l'amour, alors ?

— Non. Maxence, il disait que la seule manière d'aimer quelqu'un, c'est que chacun ait son appartement et fasse ce qu'il veut.

— Oui, mais il faut des sous pour ça !

— Ouais. L'amour, c'est un truc de riches, de toute façon.

— C'est pas vrai. Il y a des pauvres qui s'aiment.

— T'en connais beaucoup, toi ?

— …

— Tes parents, ils s'aimaient, avant ?

— Il y a des milliards d'années, alors.

Valentine, ce sera jamais ma femme. Ce sera une femme merveilleuse, je l'aimerai toujours, mais je ne l'épouserai jamais. On n'ira pas faire nos courses à Bel-Est, sauf pour voyager sur le travelator. On ne se disputera jamais pour un paquet de céréales et on n'aura jamais d'enfants. Je ne l'attendrai jamais avachi sur le canapé en buvant de la bière pendant qu'elle fera des ménages dans un hôtel sordide. Je ne dessinerai jamais de coquards autour de ses yeux, je ne balafrerai jamais son visage, je ne ferai jamais couler de sang sur ses cheveux, je ne fendrai jamais ses lèvres en deux, je ne déchirerai jamais sa vie en mille morceaux. Valentine, je ne la mettrai pas dans une cage. Valentine, je la laisserai s'envoler comme un papillon, pour qu'elle puisse voir tous les jardins du monde.

17

L'hôpital est entièrement silencieux, ce soir. Je sors doucement de mon lit, je passe par la fenêtre et je marche sur la corniche, en équilibre sur ma vie. Je m'assois sur le toit et je tends l'oreille pour écouter le monde.

— Max, tu m'entends ? T'es où ? Dans une étoile ? Peut-être que t'as réussi à escalader la lune ? Tu l'as trouvé, le Pays sans Adultes ? Max, dans ma vie maintenant, il y a Valentine. Elle mange pas beaucoup. Le Démon, il serait content, parce qu'il dirait qu'au moins, elle coûte pas cher. En fait, elle ne mangeait tellement plus qu'ils l'ont emmenée à l'hôpital pour pas qu'elle disparaisse complètement. Ses bras sont tellement fins que tu peux suivre chacune de ses veines. Ça fait comme des tas de petits cours d'eau. Je suis sûr que dedans, il y a des tonnes de poissons multicolores. Valentine, elle est beaucoup plus belle que le soleil. Ce que je veux dire, c'est qu'elle est belle à l'intérieur. J'aurais bien aimé qu'elle s'envole avec nous sur le travelator. On aurait visité des tas de pays, et on aurait bien rigolé. J'ai aussi rencontré une vieille dame. Elle s'appelle Marguerite. Elle est très méchante, mais je l'aime bien quand même. Au début, quand j'entrais dans sa chambre, elle voulait tout le temps que je m'en aille. Mais maintenant, elle m'aime bien. Je la soupçonne même d'attendre mes visites avec impatience. C'est normal, elle en a pas d'autres. À mon avis, sa famille s'en fiche pas mal qu'elle soit malade. Elle est à l'hôpital parce qu'elle a eu un caillot. Je crois qu'à force d'être méchante, elle pouvait plus respirer. C'est comme ce que tu disais à propos des forêts et de la pollution. Peut-être que si on arrache toute la gentillesse de son cœur, on finit par ne plus pouvoir respirer. Et après, il faut aller à l'hôpital pour se faire réparer. J'emmène Valentine avec moi maintenant, parce que quand Marguerite la voit, elle est beaucoup plus gentille. Personne ne peut être méchant avec Valentine. Tu me manques beaucoup, tu sais.

Je tends l'oreille pour entendre sa réponse. Certains soirs, je sens qu'il est là, tout près. Certains soirs, je sais qu'il ne sera jamais mort.

Je suis réveillé en pleine nuit par un petit grattement. Je me lève et je me glisse jusqu'à la porte. Je l'entrouvre, le cœur battant. Devant moi, il y a Valentine, avec son visage chiffonné et son oreiller serré contre elle.

— J'arrive pas à dormir.

— Pourquoi ? Tu réfléchis à des choses ?

— Non. C'est juste le sommeil qui veut pas de moi.

— Viens.

Je referme la porte derrière elle et je la guide jusqu'à mon lit. Elle se glisse entre les draps. Je m'allonge à côté d'elle et on se serre très fort. Valentine est aussi douce qu'une plume.

— Quand tu n'arrives pas à dormir, il faut que tu mettes des fleurs, des dessins et des jouets près de ton lit.

— Pourquoi ?

— Pour amadouer le sommeil.

Ses cheveux chatouillent ma joue.

— C'est quoi, l'âme ?

— Maxence, il disait que c'est ce qui aspire en nous.

— Aspire quoi, la poussière ?

— C'est ça, ça doit être comme un grand aspirateur qui nettoie les saletés.

— Des fois, les aspirateurs, ça se bouche et il faut changer le filtre.

Je serre sa main dans la mienne. Ça me fait des frissons partout.

— À ton avis, le Démon, c'est un être humain ?

— Non, c'est un être inhumain.

— Moi, j'aurai jamais d'enfants. Je serai enceinte de mes rêves.

— Moi aussi. Pareil.

Ses cils chatouillent ma joue. Baiser papillon. Son nez se frotte contre le mien. Baiser esquimau. Son menton caresse le mien. Baiser coccinelle. Sa joue cajole la mienne. Baiser clair de lune. Sa bouche se pose délicatement sur la mienne. Baiser barbe à papa. Sa petite langue me lèche. Baiser Valentine.

Valentine et moi, on mettra au monde des jolis rêves, en forme de baguettes magiques, pour transformer le monde en beaucoup plus beau.

On glisse en même temps dans le sommeil, comme si on faisait du toboggan sur de la guimauve.

Deux cœurs trop tendres battent et virevoltent ensemble dans la nuit.

Le matin, Sidonie nous a trouvés serrés l'un contre l'autre, mais elle n'a rien dit, parce qu'elle comprend toujours tout sans poser aucune question.

18

Maman a encore quitté ma chambre en pleurant, sauf que cette fois-ci, Valentine l'a interceptée dans le couloir et l'a emmenée dans sa chambre. Elles sont enfermées là-dedans depuis une heure. Ça m'énerve. Je me demande bien de quoi elles parlent. Je colle mon oreille contre la porte, mais j'ai beau me dévisser le cou, je n'entends strictement rien.

Soudain, la porte s'ouvre, et je me trouve nez à nez avec maman. La honte. En plus, j'ai failli tomber. Ça fait rigoler Valentine.

— Mais qu'est-ce que tu fais là, Slimane ?

— Heu… Rien… Je passais dans le coin.

Je me sauve en courant et je m'enferme dans ma chambre pour ne pas croiser le regard de maman. Même quand elle a ses lunettes de soleil, j'arrive pas à la regarder en face. C'est comme un mot que vous essayez de gommer, mais qui revient tout le temps. Chaque fois que je vois maman, il y a cette phrase qui résonne dans ma tête : « C'est de ta faute ! C'est de ta faute ! » C'est une phrase en forme de poignard, une phrase qui déchire la tendresse et qui recouvre mon cœur de cendre. Je suis envahi par le goût des jours d'avant. Je suis envahi par Maxence, ses yeux bleus en cristal, ses idées tourbillonnantes et son âme si transparente que le soleil l'a brûlée.

Quand Valentine gratte à ma porte, je ne réponds pas, pour qu'elle comprenne que j'ai envie d'être tout seul pour de bon.

J'écris tout le temps des petits mots que je laisse un peu partout : sur les branches des arbres, dans la fontaine du jardin, sous les armoires, sous l'oreiller de Valentine, dans le bureau du docteur Lemoine… C'est un genre de bouteilles à la mer. Valentine veut toujours savoir à qui j'écris.

— C'est pour quelqu'un en particulier ?

— Non. C'est pour quelqu'un en général.

Avant, je rêvais tout le temps. Mes pensées, c'était un tapis volant. Maxence était toujours là pour me récupérer quand je partais trop loin. Il me ramenait à bon port pour que j'atterrisse doucement dans la vraie vie. Maxence, c'était un aiguilleur de rêve. Maintenant qu'il est parti au Pays sans Adultes, quand je rêve, je suis obligé d'attacher une corde autour de la réalité. C'est plus facile pour revenir. Il faut surtout bien que je m'amarre avant de m'envoler. Quand je veux revenir, je m'accroche à la corde le plus fort que je peux, et je me pose tout doucement, pour que la méchanceté ne sache surtout pas que je suis revenu.

Valentine parle avec maman chaque fois qu'elle vient me rendre visite, maintenant. Elle passe même plus de temps avec Valentine qu'avec moi. Elles s'enferment dans sa chambre, et elles discutent. Je ne sais pas du tout ce qu'elles se disent. Valentine prend toujours un air mystérieux après avoir vu ma mère. Un air qui veut dire : « Laisse tomber, Slimane. Tu peux pas comprendre. » Ça m'énerve.

— Tu sais, Slimane, c'est pas de la faute de ta mère si ton frère est mort.

— Si, c'est de sa faute.

— Non, et si t'étais moins bête, tu le comprendrais.

— Qu'est-ce que t'en sais, toi, d'abord ? Ça fait des mois que t'es enfermée dans une chambre et que tu paniques devant des brocolis. Tu connais rien de la vie !

— C'est pas la peine d'être méchant. Je voulais juste t'aider.

— Tu parles d'une aide ! C'est pas la peine de m'aider. Je me débrouille très bien tout seul.

Le torse de Valentine se soulève sous l'effet de la colère, et on s'affronte du regard. Des mots très méchants ont envie de sortir de nos bouches, mais on serre très fort les dents pour les empêcher de sortir, parce que ce qui est dit est dit, et qu'après c'est irréparable. Valentine trempe son regard dans un encrier très noir et me le jette à la figure. Et puis elle s'en va en claquant la porte. Valentine, même si elle est toute maigre, quand elle est pas contente, elle aime bien claquer les portes.

19

Le docteur Lemoine est revenu de vacances. Pendant son absence, on a eu droit à une remplaçante. Je l'ai tout de suite détestée, celle-là, avec toutes ses questions débiles. Le docteur Lemoine a la figure toute bronzée, comme si il avait dormi plusieurs mois avec le soleil, et moi, j'ai décidé de bouder.

— C'était bien, les vacances ?

— Très bien, merci.

— Au cas où ça vous intéresserait, pour nous, c'était tout sauf bien.

— Tu m'en veux d'être parti en vacances ?

— Non !… Oui !

— Tu ne crois pas que j'ai le droit de prendre des vacances, de temps en temps ?

— …

— Comment ça s'est passé ?

— Votre remplaçante, c'est rien qu'une conne. Elle pige que dalle.

— Qu'est-ce qu'elle n'a pas pigé ?

— Ses analyses de la vie, c'est rien que du copier-coller de tous les cours qu'elle a pris dans sa vie. Ça vaut rien, c'est zéro.

— Bon. Je suis revenu, maintenant.

— Et c'est quand, les prochaines vacances ?

— C'est pas tout de suite.

— Vous me préviendrez ?

— J'espère que quand les prochaines vacances arriveront, tu seras rentré chez toi, Slimane.

— Je veux pas rentrer chez moi.

— Pourquoi ?

— Parce que.

— Tu ne veux pas me parler de ce qui se passe chez toi ?

— …

— Chez toi, il y a ta mère ?

— Oui.

— Comment elle est, ta mère ?

— Maxence, il disait que les adultes, ils font des erreurs, et qu'après, ils ont plus le courage de tout recommencer. Et aussi, il disait que les adultes, ils mettent des barreaux tout autour de leur vie.

— C'est ce qu'a fait ta mère ?

— …

— Et ton père ?

— J'ai pas de père !

— …

— C'est pas un père, c'est un Démon.

— Qu'est-ce que tu ressens pour lui ?

— Rien. Je ressens rien.

— Pourquoi ? Il est méchant ?

— C'est de sa faute ! C'est de leur faute à tous les deux !

— Qu'est-ce qui est de leur faute, Slimane ?

— C’est de leur faute si Maxence s’est envolé très loin.

— Pourquoi ? Qu’est-ce qu’ils ont fait ?

— …

— Le Démon a été méchant avec Maxence ?

— Il a tapé dans sa vie. C’est pour ça qu’il est parti.

— Et ta mère ?

— …

— Regarde-moi, Slimane.

— Je veux pas vous regarder. Je veux mourir !

— Non. Tu ne veux pas mourir, tu veux cesser de ne plus exister.

Dans mon corps, il y a une grande marée. Comme dans une émission qu’on avait vue sur le Mont-Saint-Michel, avec Maxence. Je suis cerné par les eaux. Ça monte, ça déborde de partout.

— Slimane, il y a des solutions pour ce genre de situations. Je vais en parler avec ta mère.

— Non ! Il faut pas lui en parler !

— Nous avons un dispositif d’aide juridique, ici.

— Un quoi ?

— Nous travaillons avec des avocats…

— Non ! Pas des avocats ! Pas des avocats !

— Slimane, il ne faut pas que tu t’inquiètes.

— Mais… le Démon va aller en prison ?

— Non. Il y a des dispositifs d’aide pour les hommes violents.

— Comme un genre d’hôpital ?

— C’est ça.

— Mais maman… elle va être toute seule ?

— Non. Personne ne va être tout seul. Nous allons trouver des solutions. Fais-moi confiance.

Je regarde le docteur Lemoine, mais je ne sais pas si il dit la vérité. Je m'en veux terriblement de lui avoir parlé de maman et du Démon. Maintenant, à cause de moi, ils vont aller en prison et peut-être même être condamnés à mort.

— Oubliez ce que je vous ai dit ! Il faut surtout pas en parler… surtout pas !

Je me lève et je cours le plus vite possible pour oublier tous les mots que j'ai prononcés.

Je me réfugie au service « maternité ». C'est très calme quand les bébés dorment, et c'est le seul endroit où j'ai envie d'être. Il y a toutes les couleurs de bébés, ici. Il y a surtout ma préférée : la princesse d'ébène. On dirait qu'elle vit dans un dessin animé, pas dans la vraie vie. Elle a des mains tellement minuscules qu'on se demande si elles grandiront un jour. Quand je la regarde, je reprends espoir. J'espère que ces bébés, ce sera une bonne cuvée. Une cuvée qui fera reculer l'injustice. Une cuvée sans Démon.

Une infirmière m'attrape par le bras.

— Eh ! Qu'est-ce que tu fais là, toi ?

— Rien. Je suis juste en transit.

— Tu n'as absolument pas le droit d'être là.

— Je ne fais rien de mal. Je m'imbibe juste de leur douceur.

Elle s'approche de moi, mais je lui échappe et je file en quatrième vitesse. Je serais bien resté encore un peu, à regarder la princesse d'ébène gazouiller doucement. La princesse d'ébène, quand elle me fait des sourires, ça met de la pommade sur toutes mes blessures.

20

C’est un rabbin qui s’occupe de l’accueil religieux spécial pour les juifs. Un vieux monsieur tout ratatiné qui parle comme dans les livres, avec des phrases pleines de mots que je croyais qu’ils n’existaient même pas.

— Monsieur, je peux vous demander une question ?

— Bien sûr ! Tu t’appelles comment ?

— Slimane.

— Tu n’es pas juif ?

— Ça, j’en sais trop rien.

— Ta maman, elle est quoi ?

— Elle est très fatiguée.

— Elle est athée ?

— Sûrement pas ! Elle boit jamais de thé. Elle prend rien que du café. Comme le Démon.

Il sursaute.

— Le Démon ?

— C’est mon père.

Il a l’air soulagé.

— Ton père est juif ?

— Non. Il est méchant.

Il me sourit doucement. Il a des yeux bons, des qui vous réchauffent le cœur.

— Dites, ça veut dire quoi, être juif ?

— Être juif, c'est appartenir à une foi qui a donné à l'humanité le monothéisme et des valeurs universelles qui l'accompagnent depuis plus de trois mille ans.

— Un jour, à la télé, ils ont parlé du Grand Pardon. C'est quoi, exactement ?

— C'est le jour de la repentance, du pardon et de la réconciliation.

— Mais on pardonne à qui ?

— À la personne qui t'a fait le plus de mal, par exemple.

Je pense au Démon. Lui pardonner, c'est sûr, ce serait vraiment le Grand Pardon…

— Ça sert à quoi de pardonner ?

— Ça sert à ne plus avoir de haine.

— Moi, je trouve que dans certains cas, c'est bien d'avoir de la haine.

— Dans quels cas par exemple ?

— Quand on est obligé de vivre avec quelqu'un qui nous fait du mal.

— Qui, par exemple ?

— …

— Je comprends ce que tu dis.

— En vrai ? Ça vous est arrivé ?

— Et toi ?

— Oui.

— Il faut juste faire attention, parce qu'une fois que la haine habite chez toi, elle a du mal à partir.

— Pourquoi ?

— Parce qu'elle devient une habitude.

— Elle s'en va pas quand on n'a plus besoin d'elle ?

— Malheureusement non. C'est comme les mauvaises herbes dans un jardin. Si tu ne les arraches pas au fur et à mesure, elles finissent par tout recouvrir.

— Pas de problème, j'ai pas de jardin.

Il sourit.

— Pourquoi les femmes n'ont pas le droit d'être rabbin ?

— Les femmes n'ont pas besoin de faire des prières. Elles ont déjà eu la révélation.

— À mon avis, c'est pas ça la vraie raison.

— Et c'est quoi, la vraie raison ?

— La vraie raison, c'est que c'est plus commode pour vous, parce que comme ça, elles font le couscous pendant que vous priez.

Il me regarde en plissant le front. Je cherche quelque chose à dire pour m'excuser, mais il éclate de rire. Ouf, j'ai bien cru que j'avais fait une boulette !

21

Aujourd'hui, j'ai décidé de prendre Marguerite par les sentiments. Ça fait quatre jours qu'au moment du goûter, je garde les barres de chocolat qu'on nous donne. Je montre mon butin à Valentine, mais elle a un peu peur.

— Elle a dit qu'elle n'avait pas le droit de manger des trucs comme ça. Tu crois qu'il pourrait lui arriver quelque chose de grave ?

— Tu veux dire quelque chose de plus grave que d'être enfermée dans une chambre d'hôpital en ayant droit à rien ? Non, je crois pas.

On glisse dans les couloirs comme deux ombres. Avec Valentine, je me sens pareil qu'un nuage. Souvent, entre les gens, il y a des nuages qui les empêchent de se voir. Chacun traîne ses nuages derrière lui, comme une brume accumulée dans nos vies. On arrive parfois à se distinguer, mais rarement à se voir entièrement. Sur les nuages, on devrait écrire tout ce qu'on n'arrive pas à se dire, comme si c'étaient des bulles de BD.

Je déteste l'odeur du service « gériatrie ». Ça sent la mort qui attend. Elle est pas pressée, elle marche doucement sur le carrelage glacé, mais elle est là, partout. La porte de la chambre 55 est entrouverte. J'entends la voix du docteur. Valentine et moi, on se cache dans un petit local rempli de balais, de serpillières et de désinfectants. Valentine s'appuie contre moi. Elle est tellement maigre que je sens chacun de ses os contre ma peau. Je voudrais rester là toute ma vie.

Le docteur quitte la chambre de Marguerite. Ses pas lourds résonnent dans le couloir. Valentine et moi, on retient notre souffle. Quand tout redevient silencieux, on sort de notre cachette. Dans la chambre 55, ça sent le malheur désinfecté.

— Coucou, Marguerite…

— Encore toi ! Qu'est-ce que tu veux ?

Marguerite est de très mauvaise humeur aujourd'hui. Elle a mis ses yeux fiche-la-trouille et sa figure porte-blindée-fermée-à-triple-tour. Valentine s'arrête net. Elle refuse d'entrer dans la chambre.

— Marguerite, vous faites peur à Valentine.

— Valentine est avec toi ?

— Pas pour longtemps si vous continuez comme ça.

— Valentine ?

Valentine ne répond pas. Elle a les yeux fermés, pour ne pas voir la méchanceté. Je la prends par la main, et je la tire vers moi. Elle résiste un peu, mais comme elle n'a pas beaucoup de force, elle se laisse entraîner. C'est magique, l'effet qu'elle fait à Marguerite. Quand elle voit Valentine, avec son air de chat écorché et ses cheveux tout blonds, elle a beau essayer, elle n'arrive pas à refréner l'incroyable vague de tendresse qu'elle ressent pour cette petite fille triste, debout juste en face d'elle. Une petite fille qui titube dans les ruelles de sa vie, avec un cœur en miettes, au bord de l'implosion. Une petite fille transparente qui sait déjà des choses qu'elle ne devrait pas savoir, même si elle avait cent ans.

— Viens là, ma petite. Approche !

Je pousse Valentine. Ou plutôt, je souffle sur elle pour qu'elle se déplace.

— Donne-moi ta main.

Valentine tend sa main à Marguerite.

— Ta main est glacée, ma pauvre chérie !

— Ne vous inquiétez pas, Marguerite. Elle a toujours les mains comme ça. Les pieds aussi, d'ailleurs. Enfin, tout le corps, quoi. C'est à cause de l'anorexie. Ça coupe le chauffage.

Marguerite a l'air sincèrement désolée. Elle fouille la chambre du regard pour trouver quelque chose à donner à Valentine, mais son regard s'arrête sur le bassin dans lequel elle fait pipi la nuit. Du coup, elle abandonne. De toute façon, jouer à la bonne grand-mère, ça lui va pas. Marguerite soupire.

— Moi, ça m'a fait ça à la ménopause.

Je fronce les sourcils.

— La quoi ?

— La ménopause.

— Ah !

Valentine se tourne vers moi pour m'expliquer.

— Tu sais bien… La ménopause. Quand tes systèmes, ils font une pause.

— Marguerite, quand on a les cheveux blancs, c'est qu'on est vraiment pur, non ?

— Non. Tout le monde finit avec des cheveux blancs, même les dictateurs.

Valentine s'assoit sur le vieux fauteuil, en face de Marguerite.

— C'est quoi, exactement, un dictateur ?

— C'est un type qui fait des dictées, mais avec plein de fautes très graves dedans.

Ma définition fait rire Marguerite.

— Mais nos cœurs, ils peuvent quand même se voir sur nos figures, non ?

— Pour ça, il faut déjà avoir un cœur.

— Vous, au début, je pensais que vous n'en aviez pas.

— Et maintenant ?

— Maintenant, je pense que vous en avez un. Mais il marche pas tout le temps.

— C'est parce qu'il s'est habitué à ne pas fonctionner.

— En fait, il faut juste changer les piles.

— C'est ça.

Valentine pose ses mains sur son cœur.

— Mon cœur, il est beaucoup trop tendre.

— Le mien aussi. En vrai, mon cœur, il est tellement lourd que si je prenais l'avion, je serais obligé de payer un supplément de bagages.

— Il faut que tu le vides.

— Mais où tu veux que je mette tout ce qu'il y a dedans ?

— Aux encombrants.

Marguerite fronce les sourcils et nous regarde sévèrement.

— Il va falloir muscler un peu vos cœurs, les enfants, si vous voulez survivre dans ce monde !

— Et comment on fait ?

— C'est très simple : il suffit de penser à des choses atroces qui font mal, et de résister jusqu'à ne plus rien ressentir. C'est l'haltérophilie du cœur. Avec de l'entraînement, vous verrez, vous pourrez supporter des charges de plus en plus lourdes.

Valentine et moi, on se regarde en pensant qu'avec tous nos mauvais souvenirs, on a de quoi fabriquer des haltères énormes. On s'imagine avec un corps poids plume et un cœur de bodybuilder, et ça nous fait rigoler.

— Mes enfants, vous avez la vie devant vous.

— On ne lui en demande pas tant.

— Vous avez encore tellement de choses à vivre !

— C'est bien ce qui nous inquiète.

— Tu sais ce qu'on dit, Slimane : si jeunesse savait, si vieillesse pouvait… Non mais, regardez dans quel état je suis…

J'aime pas quand elle est triste, Marguerite. Je préfère encore quand elle est méchante.

— Marguerite, vous allez adorer ce qu'on vous a apporté !

J'ouvre le sac. Elle voit les barres de chocolat et il se met à pleuvoir sur ses joues.

— Oh, mes petits ! Mes chers petits !

Marguerite mange les barres de chocolat. Ça fait des années qu'elle en a pas mangé. Elle les laisse fondre dans sa bouche, tout doucement, en fermant les yeux. Valentine la fixe, sans comprendre d'où vient un plaisir pareil. Moi, ça me fait rigoler. Je ris sans pouvoir m'arrêter. Un fou rire tombe du ciel et éclabousse Valentine. Son torse tout maigre se soulève. Elle rit tellement que des larmes tombent par terre quand elle égoutte ses yeux. Soudain, Marguerite, la vieille Marguerite, avec son cœur de pierre et sa dent dure, part d'un éclat de rire fulgurant. Sa chair flasque se soulève, ça fait même tanguer la sonde qu'elle a dans le bras. C'est un rire en chocolat, qui colorie ses dents jaunies d'avoir trop mâché la vie.

Aujourd'hui, je me suis disputé avec Romain pour une histoire de télévision. J'ai ruminé toute la matinée. J'ai mâché chaque mot méchant que j'ai entendu et j'en ai préparé des encore plus méchants, avec beaucoup de piment dedans. Mais je me suis souvenu que Maxence me disait toujours qu'il fallait jamais répondre au même niveau. Que dans la vie, il faut toujours monter plus haut. Alors j'ai tout ravalé, mon énervement et mes mots en forme de flèches, et j'ai marché jusqu'au service « maternité ».

La princesse d'ébène ouvre les yeux. Elle gazouille. Je ne pense plus du tout aux mots méchants que j'ai fabriqués tout à l'heure. Mon cœur mollit, il devient doux et léger. Des pas résonnent dans le couloir.

— Bonjour. Comment tu t'appelles ?

Je me retourne. Devant moi, il y a une très belle femme qui ressemble beaucoup à la princesse d'ébène.

— Heu… Slimane… Je ne voulais pas…

Je recule pour me préparer à fuir, mais elle me fait un grand sourire.

— Je ne fais rien de mal.

— Je sais.

— C'est votre fille ?

— Oui.

— J'aime bien la regarder, parce qu'elle est tellement jolie que ça me fait oublier les mauvaises choses.

Elle répond rien. Elle sourit, c'est tout.

— Comment elle s'appelle ?

— Mélissa.

— Est-ce que c'est une princesse ?

— Non, je ne crois pas…

— Moi, je suis sûr que si. Je peux vous demander quelque chose ?

— Bien sûr !

— Promettez-moi que… que dans sa vie, il n'y aura pas de Démon…

— De Démon ?

— Son père… Est-ce qu'il est gentil ?

— Très gentil.

— Il boit pas trop d'alcool ?

Elle me regarde droit dans les yeux, et elle pose juste sa main sur mon épaule.

— Non. Ne t'inquiète pas. Tu veux la prendre dans tes bras ?

— Oh non ! Je saurais pas !

— Je vais te montrer.

Elle soulève tout doucement la princesse d'ébène, et elle la met dans mes bras.

— Voilà, comme ça. Tiens-lui la tête pour la maintenir.

Je fais tout ce qu'elle me dit, et je ferme les yeux. Le cœur de Mélissa bat tout à côté du mien. Je renifle son petit crâne. Ça sent la vie sans aucun malheur, une vie toute neuve, avec plein de sourires dedans. Une vie sans aucun Démon.

22

Marguerite est morte le 21 mars. Pile le jour du printemps. Marguerite s'est fanée. Je suis sûr qu'elle a fait exprès de choisir cette date. Elle voulait tirer sa révérence au soleil. Valentine et moi, on a beaucoup hésité à pleurer. On a senti une grosse averse tout au fond de nous, un genre de mousson dévastatrice. Et puis on s'est souvenus de Marguerite dans sa chambre blafarde, avec une sonde accrochée à son bras tout flasque, et ça a chassé tous nos nuages. La dernière fois qu'on l'a vue, Valentine et moi, on lui avait fait un peu de lecture. Elle est partie sur un festin de mots. Elle a mangé des virgules et des points d'exclamation. Elle a fait un peu la grimace devant des points finals, elle a traversé des vies entre parenthèses et des points de suspension.

— Moi, je sais où elle est, Marguerite.

Valentine m'a regardé bizarrement.

— Elle est où ?

— Dans une marmite de chocolat.

On a écrasé une barre de chocolat, et on est allés dans le jardin pour disperser les miettes. J'ai vu qu'on faisait ça avec les cendres des gens, parfois. J'ai pensé que pour Marguerite, il y avait pas de meilleures cendres qu'une barre de chocolat. Après, on a récité une prière au roi du chocolat, en lui demandant d'accueillir Marguerite et de la nommer dégustatrice en chef pour l'éternité.

Dans la chambre de Valentine, il y a une petite table sous laquelle on se réfugie souvent. On a collé un gros soleil en feutrine jaune, des nuages bleu ciel et des étoiles multicolores pour qu'on se sente protégés les jours de tempête. C'est devenu un passage obligé pour quand on est trop malheureux. Ça nous donne de la quiétude. Même Romain vient s'y asseoir quand il a trop de peine. La petite table de Valentine, c'est un peu comme un chargeur de téléphone portable.

Valentine se glisse dessous et je vois tout de suite qu'elle est triste.

— Tu pleures ?

— Non !

— Et ça, c'est pas des larmes ?

— Non, c'est des gouttes de pluie.

— Il pleut pas.

— Eh ben, je sais pas du tout d'où ça vient.

— Pourquoi tu pleures ?

— C'est pas moi, c'est mes yeux.

— Ils pensent à des choses, c'est ça ?

— …

On devrait nettoyer nos pensées à l'eau de Javel. Les récurer, les gratter, les poncer, les rincer, pour qu'elles soient plus belles.

Le regard humide de Valentine me fait effervescer. Son torse tout maigre joue à saute-mouton avec son chagrin, et ça me fait des fourmis dans le cœur. Je vais syncoper.

— Tes yeux sont pareils qu'un miroir, Slimane. Et dedans, je me trouve jolie.

— À travers le miroir, moi, je vois tout ce que tu fais.

— Et ce que je pense, tu le vois aussi ?

— Des fois, oui. Mais je suis un miroir débutant, j'ai pas encore beaucoup d'ancienneté.

— Tu seras un grand miroir, Slimane. Un qui reflétera rien que des belles choses.

Elle continue à se regarder dans mes yeux, et elle sourit, plus légère qu'une plume.

23

Valentine mange presque normalement maintenant. Elle a arrêté de croire que la nourriture, c'est des pierres qui vont l'entraîner au fond des mers. Elle a arrêté de vivre au-dessus du gouffre et d'être enivrée par le vertige de la faim. Mais quand même, des fois, c'est un peu dur. Alors elle reste immobile, et elle cherche mon regard. J'entends tout ce qu'elle me dit en silence, et je lui réponds sans dire un mot. Quand elle a bien compris ce que je lui ai dit, elle prend sa fourchette, et elle mâche lentement les aliments. Elle les réduit en purée pour qu'ils prennent le moins de place possible dans son corps.

Épilogue

Ça fait plusieurs semaines que Valentine est rentrée chez elle. Les docteurs de l'hôpital ont parlé plusieurs fois avec ses parents, et ils vont continuer à le faire très régulièrement, pour enlever les « facteurs aggravants de l'anorexie ». Le facteur le plus aggravant de tous, c'est le manque d'amour. Ça tombe bien, parce que de l'amour, moi, j'en ai des tonnes à lui donner, à Valentine.

C'est le docteur Lemoine qui m'a annoncé que j'allais rentrer chez moi. Mon cœur s'est tordu comme une éponge, parce que « chez moi », ça veut plus dire grand-chose, et le docteur Lemoine m'a lancé son regard t'inquiète-pas-je-comprends-ce-que-tu-ressens. C'est un regard très spécial, avec des yeux en forme de cœur, qui me donne l'impression d'être en haut d'une très haute montagne, là où l'air est très, très pur. Le docteur Lemoine, il a commencé à me voyancer au niveau du futur, comme quoi ma mère avait beaucoup changé et qu'on allait être très heureux, elle et moi. Moi, j'ai pas voulu le croire, et dans ma tête, ça s'est mis à cogner très fort. J'ai entendu une mélodie du genre hard rock qui disait : « Et le Démon ? Et le Démon ? » Je me suis mis à claquer des dents rien que d'y penser, et même, j'ai claqué du cœur, mais ça, il y a que moi qui pouvais le sentir. J'ai repensé à ce que Maxence m'avait dit un jour, comme quoi les dents, ça donne jamais de plaisir parce que c'est rempli de nerfs pour faire mal comme chez le dentiste. J'y avais jamais pensé avant, et je me suis caressé les dents plusieurs fois pour vérifier. En vrai, Max avait raison, j'ai jamais eu de plaisir des dents. C'est pour ça que ça peut pas faire autre chose que de claquer.

Le docteur Lemoine, il m'a dit que les gens de l'aide juridique, ils ont aidé maman à grandir. Qu'ils ont mis sa vie avec le Démon dans un grand sac, et qu'ils l'ont jeté dans le vide-ordures. Et que pendant tout ce temps, maman a beaucoup discuté avec une docteur de l'âme. Une qui vous aide à faire des réparations.

Le docteur Lemoine, il m'a expliqué aussi que les gens de l'aide juridique ont convoqué le Démon. Il a dû être sacrément surpris quand il a reçu la convocation ! Je sais pas du tout ce qu'il leur a raconté, mais le docteur Lemoine m'a dit qu'il a été mis dans un établissement spécial, « anti-alcool et anti-méchanceté », où on fait de la désintoxication de gens. Il va rester là pendant plusieurs mois, le temps qu'on le soigne et qu'il comprenne pourquoi il avait tout le temps envie de nous taper.

Le docteur Lemoine était là le jour où maman est venue me chercher à l'hôpital. Elle est restée debout devant moi sans rien dire, en se balançant d'un pied sur l'autre. Moi, j'osais pas la regarder, alors j'ai fermé les yeux pour écouter à l'intérieur de moi. Au début, j'ai rien entendu, mais petit à petit, il y a eu un petit grattement, et j'ai compris que mon cœur était en train de se remettre à battre pour maman. J'ai repensé à toutes les fois où Valentine m'avait badigeonné le cœur avec du mercurochrome, à toutes les fois où elle m'avait mis des pansements dessus, et même des bandages pour guérir toutes mes fractures. J'ai pensé à Maxence, tellement fort que c'était comme si il était dans la pièce, et j'ai levé la tête. Les deux yeux de maman se sont envolés jusqu'à moi. C'était comme si on revoyait toute notre vie d'avant, mais de très loin. Je lui ai fait un sourire, un peu comme celui de Pitbull, un côté triste, un côté gai, et je me suis jeté dans ses bras. Elle m'a serré très fort en pleurant de joie, et j'ai pensé : « Ça y est, on est sauvés. »

L'autre jour, j'ai entendu le docteur Lemoine dire à maman que le Démon, quand il était petit, il avait été tapé par son père, lui aussi. À ce qu'il paraît, en langage psychologique, ça s'appelle la « reproduction mimétique de la violence ». Bref, le Démon est « atavique ». Quand même, ça m'a fait très plaisir de l'imaginer en train de se prendre une dérouillée.

J'ai une vie toute neuve maintenant. L'ancienne était trop cabossée, alors on nous l'a échangée. On nous a même donné un nouveau HLM, beaucoup plus beau. C'est un vrai immeuble, avec des voisins très gentils. Ils nous disent toujours bonjour quand on les croise dans le hall, et l'ascenseur n'est jamais en panne. Dedans, il y a même un miroir où maman arrange ses cheveux avant d'aller travailler. Elle ne fait plus de ménages dans l'hôtel de l'autoroute. Elle a trouvé un vrai travail de caissière dans un supermarché. Elle s'est fait tout un tas d'amis, et deux fois par semaine, elle prend des cours de peinture et elle fait du yoga pour être calme. D'ailleurs, Valentine et moi, on se demande si elle n'est pas un peu amoureuse de son professeur, parce qu'il y a des étoiles dans ses yeux quand elle parle de lui.

J'aime bien quand elle passe sa main dans ses nouveaux cheveux blonds. On dirait de la Danette à la vanille. Des fois, on se prend par la main et on se serre très fort. Dans ce contact, il y a Maxence, nos yeux au beurre noir, nos lèvres explosées, nos soirs de terreur, les ruisseaux de sang sur les dalles de la cuisine, nos matins trop lourds, ses journées passées à nettoyer des chambres d'hôtel, mes mois d'hôpital, le Démon qui jure qu'il va changer, et tous les souvenirs de notre vie d'avant. Mais juste après, on se regarde et on sourit, parce qu'on est ensemble, tous les deux, avec notre nouvelle vie qui s'étale devant nous comme de la pâte feuilletée. Sauf que maintenant, c'est nous qui choisissons la garniture.

Samedi prochain, c'est l'anniversaire d'Hugo. Il va avoir treize ans. Valentine va faire un gâteau au chocolat avec maman, et on va inviter tous nos amis. Enfin, quand je dis tous nos amis, on n'en a pas beaucoup. En fait, on sera que trois : Hugo, Valentine et moi. Mais c'est qu'un début. Hugo, il a des cheveux, maintenant. Et Valentine, elle n'est plus maigre, elle est mince. L'autre jour, elle m'a dit que c'était pas du jeu, parce que la vie, c'est beaucoup plus facile quand on mange, et qu'elle comprend maintenant pourquoi les gens, ils ont plein d'énergie. Elle, ce qu'elle aurait voulu, c'est que l'énergie lui tombe du ciel comme ça, sans aucun artifice, pour être vraiment sincère avec la vie. Sur les miroirs de sa chambre, Valentine a dessiné des personnages avec yeux, bouche, cheveux et tout et tout. Des personnages de plein de couleurs qui lui font des sourires quand elle se regarde dedans, pour qu'elle se trouve toujours jolie. C'est des miroirs très spéciaux, qui réfléchissent énormément.

Avec Valentine et Hugo, le dimanche, on va organiser des journées « portes ouvertes » pour les enfants malheureux. Comme ça, ils pourront venir se réfugier chez nous. On leur donnera des cœurs de rechange pour affronter les jours d'orage, et on les protégera de tous les Démons.

Maxence est heureux, parce qu'on est ses ambassadeurs sur la terre, maintenant. On a même écrit la charte du Pays sans Adultes :

« Nous, quand on sera grands, on sera toujours des enfants aux yeux de soleil. On se souviendra de tout ce qu'on a vu. On n'oubliera jamais les enfants qui ont des vies remplies de Démons, ceux qui n'ont rien à manger, qui ne reçoivent jamais de cadeaux à Noël, qui travaillent au lieu de rêver en regardant le ciel, qui n'ont pas de dessins à accrocher dans leurs chambres. Ceux qui ne vont jamais à l'école, ceux à qui la petite

souris n'offre pas de cadeaux lorsqu'ils perdent leurs dents. Tous ceux qui n'ont pas de parents à aimer, pas de nounours à cajoler, pas d'avenir. On n'oubliera jamais tous ces enfants qui s'endorment la peur au ventre et qui se réveillent avec des bruits de guerre dans les oreilles, ceux à qui on a donné des armes, ceux qui ont les os en miettes à force de prendre des coups, ceux à qui personne ne raconte d'histoires et qui font des cauchemars éveillés. Ceux qui refusent de manger, qui ne veulent pas grandir, ceux qui sanglotent tout seuls dans le noir, ceux qui écrivent des histoires avec des couteaux sur leurs corps, tous ceux qui meurent d'indifférence. On n'oubliera jamais la souffrance de tous ces enfants aux vies balafrées, qui tendent désespérément la main vers nous pour qu'on la prenne. »

Hugo, Valentine et moi, quand on sera grands, on servira à quelque chose. Quand on sera grands, on aidera les autres. Promis, juré. Les enfants malheureux, on les prendra dans nos filets et on ne les relâchera que quand ils sauront vraiment nager. Les enfants malheureux, on leur dira qu'ils sont les fleurs d'un jardin magnifique et qu'ils doivent continuer à pousser, même s'il y a du désherbant partout. Les enfants malheureux, on leur dira que leurs sourires, c'est la seule chose qui donne encore envie au soleil de se lever le matin, et que sans eux le monde serait entièrement plongé dans le noir. Les enfants malheureux, on leur dira que, sans eux, la Terre ne pourrait plus respirer, et qu'elle n'aurait plus aucune raison de tourner.

Avec les enfants malheureux, on installera des grands essuie-glaces dans le ciel pour quand il pleuvra trop fort, et pour Noël on fabriquera des sapins en étoiles filantes pour faire des tonnes de vœux. Les enfants malheureux, on leur dira que si on se bat de toutes nos forces, le Pays sans Adultes, ce sera le monde de demain.

MERCI

À Élisabeth et Dominique Khayat, à Tristan Khayat, à Frédéric Koskas.

À Robert Laffont pour son soutien indéfectible, à Anne Carrière et à toutes ses équipes.

À Christian Bobin, à Claire et Robert Roth et à Michel Bartoli, libraires passionnés, pour leurs encouragements, à Julie Lachenaud, jeune pédiatre merveilleuse, à Marc Lévy et à Hubert Taieb.

À Yves Abouaf, Richard Bessis, Jihane Sfeir, Nour Khayat-Sfeir, Poupy, Marie-Noëlle Descamps, Bertrand Schiro et Marie-Noëlle Japy.

À Farid Naïr, David Koskas, Emily Lutyens et Alice, à Denis Koskas.

À Jérémy Gabriel, à Perla et à tous les cœurs de verre.

Et un merci très spécial à Fernanda.

Du même auteur :

LUCINE, Éditions Bernard Pascuito, 2007.
BEN RURLE, Éditions Anne Carrière, 2009.

Composition réalisée par FACOMPO (Lisieux)

Achevé d'imprimer en novembre 2010 en Espagne par
LITOGRAFIA ROSÉS S.A.
08850 Gavá
Dépôt légal 1re publication : novembre 2010
LIBRAIRIE GÉNÉRALE FRANÇAISE
31, rue de Fleurus – 75278 Paris Cedex 06

31/2892/3